琴缘

彭益清◎著

安徽师范大学出版社
ANHUI NORMAL UNIVERSITY PRESS
·芜湖·

图书在版编目(CIP)数据

琴缘 / 彭益清著. — 芜湖: 安徽师范大学出版社,2020.5
ISBN 978-7-5676-4550-9

Ⅰ. ①琴… Ⅱ. ①彭… Ⅲ. ①长篇小说 - 中国 - 当代 Ⅳ. ①I247.5

中国版本图书馆CIP数据核字(2020)第081834号

琴　缘　　　　　　　彭益清◎著

责任编辑: 李克非　　　责任校对: 刘　佳
装帧设计: 丁奕奕　　　责任印制: 桑国磊
出版发行: 安徽师范大学出版社
芜湖市九华南路189号安徽师范大学花津校区
网　　址: http://www.ahnupress.com/
发 行 部: 0553-3883578　5910327　5910310(传真)
印　　刷: 苏州市古得堡数码印刷有限公司
版　　次: 2020年5月第1版
印　　次: 2020年5月第1次印刷
规　　格: 700 mm×1000 mm　1/16
印　　张: 12
字　　数: 135千字
书　　号: ISBN 978-7-5676-4550-9
定　　价: 30.00元

目录

一　雪野寻亲

鹅毛大雪飘了一天一夜，原野上的沟沟坎坎被填得平平整整，一片白色直伸向天边，和那灰色的天际相连。远处的村庄，隐隐露出些排列的树木，像伏在雪地上的牲畜，被严寒吓得一动也不敢动。风卷着雪花肆意地飞舞，旋上去又卷下来，天地间没有一丝生气，只听得风在吼叫，只看见雪在狂舞。

渐渐地，渐渐，雪花稀碎了，飞旋的风也慢慢地住了，天空中的乌云灰淡了些，茫茫的雪地里更空旷、更寂静。

小破天在雪地里深一脚浅一脚地慢慢挪动着身体，他不知走了多少路，也不知道前面是什么地方，但是他一直在为自己鼓气，向前走，向前走，因为他相信妈妈就在前面。破天记得那天早上，妈妈告诉他要出去寻找爸爸，把自己托付给隔壁的老奶奶。妈妈说晚上就回来，可是已经两天过去了，爸爸没找回来，妈妈也不知去了哪里，破天决定出去找他们……破天拂去头上的雪，用衣袖擦去脸上的水和汗，双手左右拍打着衣服上残留的雪花。破天看着自己这一身的新棉衣和新棉裤，想起妈妈在灯下为自己裁剪新衣，爸爸坐在一旁看书，不时地用他左手弯曲的手指敲打着桌面，还看着妈妈，咧开嘴笑着。自己伏在妈妈的膝盖上看着妈妈飞针走线。一家人多快乐啊！可是现在爸爸妈妈都不见了，自己要去找他们，一定能找到他们。破天猛地扇动鼻翼，把又肥又大的新棉衣裹裹紧，鼓足劲想大步地跨出去，他不经意地环视了周围，四下里没有一个人影，也没有一点声响，雪地上只留着自己歪歪斜斜的两行脚印。破天心里有些慌张，两条腿像凝固在雪中，肚子里又在咕噜咕噜地乱响，怀里揣的两块面饼早就吃完了。破天还是试着猫起腰，用双手去扒开前面的雪，四肢并用，像是在缓缓地爬行。可是没扒几下，他的双手就冻得麻木了，肩膀也酸痛得厉害，两条腿再也拖不动了。破天真想放声大哭，可是泪水刚在眼窝里浮动，他就狠狠地咬住了嘴唇，使劲地咽着口水，想把眼眶里的眼泪吞下去。破天又想高声喊叫，可是刚张开了嘴巴就又合上了。破天虽然在狠命地控制自己，可是他浑身上下都软软的，仿佛自己整个身体在往下沉，雪地在往上升高，而且是越升越高，好像已经盖过了自己的头顶。

“破天！”突然有人在呼喊，破天听出来，啊！是妈妈，妈妈就在前面！刹那间，破天像是从雪地上被弹了起来，心里顿时欢悦起来，脚下像起了一盆火，顷刻之间遍身都暖和了。破天忘记了饥饿和疲劳，从陷得很深的积雪中拔起了腿，奋力地跨出去，快速地走了几步。

破天的眼前显现出亮着大眼睛的妈妈，她挽着身穿长衫的爸爸，微笑着正向他跑来。破天觉得自己的身体悬浮起来，轻盈地在雪地上滑行，他要扑进妈妈的怀中，他要双手抱住爸爸的腰。突然“轰”的一声响，破天觉得背后一阵剧痛，他睁开双眼，哪里有爸爸妈妈的身影，是自己跌落在深沟里了，沟坎上筑起的高高雪墙看不到顶。破天又急又慌，心头“咚咚”地跳着。他忙爬起来，来不及扑打浑身沾着的雪，就试着向雪墙上爬，可是没爬两步就滑下来，再爬又滑下来。破天拼命地在沟底跳啊、蹦啊，想一步就跨出去。可是，他渐渐就蹦不起跳不高了，只觉得那四周的雪墙更高，沟底更深了。破天感觉身上像是被全剥光了衣裳似的，冷得上下牙齿碰得格格直响，浑身不住地在抖战。破天害怕自己就要冻死在这沟底，他的眼前越来越模糊，呼吸也越来越急促，破天有些绝望了，他无力地闭上眼睛。

“破天，破天！”

破天又听到了妈妈的声音，求生的欲望使他鼓足了全身的力量，他高声喊叫起来，喊得一声比一声高，一声比一声响：“妈妈……快来……妈妈……”

几声喊叫之后，破天就失去了知觉，昏死过去。

破天觉得自己像个小纸人似的在一片苍白的云里飘飘荡荡，摇摇摆摆地旋转翻滚，渐渐地他感到脚接触到了地面，自己慢慢站立住了，压在胸口的沉重冰块也在融化，眼前白乎乎的一片中隐隐地泛起了一个红点，接着又多出了几个红点，点点红色汇集起来，扩展成了一片红光，最后聚成了一个火球。火球在自己的身体上下滚动，破天感到身上渐渐地暖起来。

破天吃力地睁开双眼，奇怪自己躺在一个很暗的屋子里，身下是层厚厚的稻草。这是哪儿呀？自己怎么来到了这里？破天发现身边烧着一堆很旺的柴火，火堆旁边是用几块碎石和断砖垒成的小灶。破天浑身软软的，连翻身的力气都没有，他眯着眼睛，忽然闻到了一股酒气，熏得他非常难受。破天再一睁眼，只见火堆旁坐着一个男人，那人刀削似的脸上突出高高的颧骨，两只眼睛深陷在眼窝里，筋骨突起的双手正举着酒瓶直往嘴里灌酒。

浓浓的酒气把破天熏得头脑发胀，呼吸都有些困难了。破天不知面前的男人是谁，怎么会跟自己在一起，这男人的面相凶恶，教人畏惧。破天现在身上无力，处处都觉得不舒服，可头脑中清楚地记得自己跌落在雪沟中时的挣扎，好像又听到自己那无比惊恐的叫喊，他双手微微战抖，强闭上眼睛。

火堆旁的这个男人名叫鲍六。鲍六又仰起脖子喝了一大口酒，然后转过头来看看睡着的破天，心里不觉叫起奇来，想到前两天自己才亲手毁了一个人的性命，今天怎么竟在雪沟里救出了一个孩子？他摸摸尖尖的下巴哼出一声，自己是个善人，还是个恶人？凶残还是善良？他摇摇头，撇撇嘴又连哼出几声。

鲍六看着稻草铺上的破天，只见他白嫩嫩的脸庞上，红红的小嘴，宽宽的鼻子，两侧的鼻翼不时在扇动，两只耳朵的轮廓很饱满。鲍六看着看着，不觉心头一喜。这真是天意啊，想来自己浪荡至今三十岁出头的人了，还是孤单一身，今天是老天送来了这个讨人喜欢的孩子，从此就有人做伴，有人服侍了，老子成了他的主人，可以尽享清福了。想到这里，鲍六凑过去，对着破天的脸喷出一口酒气。破天摆摆头，这才微微睁开眼。

“娃娃，你叫什么名字？”鲍六的声音又干又哑。

“破天。”

“破天，破——天！”鲍六把大腿一拍，“这个名字好，怪不得你在雪沟里叫得那么响，真的是要刺破青天啊，哈哈哈……”

破天强撑起双手坐了起来，这才看清自己是在一座破庙里，正面的神龛上有三尊面目不清的神像。神像上的金粉早已斑驳脱落，有几处还露出了黄泥和草棍。破旧的庙门紧关着，门上那大大小小的缝间塞满了稻草。

“破天，你小子是怎么活过来的，你知道吗？是老子在雪沟里救了你。”

破天立刻跪在稻草上向鲍六拜了几拜：“谢谢大叔，谢谢大叔。”

鲍六放下了酒瓶，挥挥双手，身体摇摆起来：“破天，你给老子记着，你这条小命是老子救的，以后你就要在我的身边，服侍老子一辈子。”

“不……”破天慌张起来，“我要找我妈妈，我要回家。”

鲍六上前一把揪住了破天的耳朵：“你就是老子的人了，老子要你活，你才能活，老子要你死，你就得死！你要不想死，就好好地跟着我。”

“妈妈，我要妈妈……”破天哭起来。

“不许哭！以后不准再提你的爸爸妈妈，不准说要回家！老子鲍六就是你的主人，就是你爸，你要学会烧火做饭来服侍我。”

破天还在哭泣，他瞄了一眼鲍六，鲍六凶神恶煞的模样使他一阵战栗。

鲍六搓搓手，换出一副笑脸，过来抚抚破天的头：“小破天，我就是你的亲人呀，只要你听话，老子就喜欢你。啊，你饿了吧，那里有烤熟的山芋，去吃吧。”

破天早已是饥肠辘辘，现在见有了吃的，便扑过去拿了灶边上的山芋，来不及去皮，也不怕烫嘴，就大口地吃起来。

鲍六又从口袋里掏出一个圆圆的米饼递过去：“要记住老子的恩情，救了你的命，还给你吃的，吃吧。”

破天眨眨眼，眼里满是恐惧。他不知自己该怎么办，可眼珠一转就定下了决心：逃出去！逃出去找妈妈。

晚上，破天和鲍六都躺在稻草铺上。破天看着一片黑的四周，心里一阵比一阵难受，想爸爸又想妈妈，平时自己总是偎在妈妈怀里睡着的，自己的家多暖和啊。破天又想到爸爸驮着他去菜园里摘大南瓜，牵着他的手上茶山。还记得妈妈哄自己睡觉时唱的歌，“猫来了，狗来了，我家的宝宝不哭了……”破天越想越伤心，越想越要立刻离开这里，可是恶人鲍六就在身边，不能让他觉察。破天强忍着悲痛，闭上眼睛均匀地吞吐着气息，佯装着睡得很香，可脑子里一直在计划着怎样逃出去。

鲍六瞪大眼睛看看破天，看了半天确认破天已经熟睡了，才放下心来。他想着破天毕竟是个小孩，怕骂怕打怕吓唬，以后慢慢去驯服他，他就会老老实实地跟着自己。鲍六得意地翻了一个身，眼前突然闪现出窄窄的山道上，他猛力把人推下悬崖的杀人场景，他心头一慌，忙捏紧了口袋里那得来的赏钱。随着，他头脑中又映出了那个假作斯文，满脸堆着笑的吴心善，这个面善心毒的吴心善，为了夺取人家的传家宝贝，灌醉了他的同窗好友，花了一点钱要鲍六把人家推下了山崖。鲍六自己以为做成了事，回去找吴心善能再讨些赏钱，谁知道刚踏进吴家，就被吴心善一棍子打倒在地，要不是他跑得快，这条命也要丧在吴心善的手里了。鲍六心里更乱了，这个吴心善太狠毒了，他把一切罪恶都加在自己的身上，还要灭口，除掉了自己，他就一身清白了。哎呀，自己好糊涂，鼠目寸光，为了一点小利就杀了一个与自己无冤无仇的人，怎么办，怎么办！

鲍六出了一身冷汗，他立刻警觉起来，现在自己负有人命大案，吴心善又在四处寻找他，追杀他，不能久待在这里，要赶快走，走得越远越好。鲍六紧闭上眼睛苦苦在思索。逃到哪里去呢？鲍六思来想去，想到了居云山下的远房亲戚，对，就去那里。他盘算身上的钱还能应付些时间，就先到那里再说，保命要紧。鲍六的心放下了，舒展起身体，右手伸出去时，并没有碰触到破天，他立刻坐起身来，只见破天正在开庙门，鲍六跳下来，冲过去，恶狠狠地揪住破天的头发：“小杂种，好大的胆子，你想逃？”

破天被揪得疼痛难忍，大声地哭起来：“我要找妈妈，我要回家。”

“回家，回家！”鲍六张开手左右开弓地抽打着破天的脸，破天哭得更厉害了。

“不准哭，不准哭！”鲍六咆哮起来，破天吓得立即止住了哭声。

鲍六一手揪着破天的头发，一手托起破天的脸：“小杂种，老子告诉你，你如果再敢跑，老子就弄死你，你的命就捏在老子的手心里！”

破天吓得低下了头，可心里要逃走的念头更强烈，决心也更坚定了，他那小小的胸膛中燃起了熊熊烈火，他要让这烈火吞噬所有的恶人。

二　仙山听琴

破天像个小小的囚徒被鲍六押解着，乘了几次船，换了几回车，又走了不少山路，才来到居云山下的一个小村庄。鲍六找到了远亲，租下了一间房，鲍六叫破天把房间打扫干净，两个人就在这里安顿下来。

破天在鲍六的打骂声中学会了劈柴生火、烧水和做一些简单的饭菜。鲍六怕破天跑了，天天都把门紧锁上，自己躺在床上喝酒睡大觉。几个月下来，鲍六在床上也躺不住了，不时地也到外面去走走，他越走越远，来到了前面的小镇上。镇上的酒好、菜好，还有赌场。鲍六越来越想在镇子上逍遥快活，可也没有放松对破天的警戒，每天他离家前都要对破天进行一顿训教和一番恐吓，然后把窗户堵得严严实实，家门上加着两道锁，这才甩开两手，哼着小调向镇上走去。

昨天夜里，鲍六在镇上喝得酩酊大醉，快天亮的时候才跌跌撞撞地摸回家，折腾了好长时间才打开了两道锁，他带上门就扑倒在床上呼呼大睡。破天一早就被鲍六如雷的鼾声震醒了，爬起来正要去烧水，忽然听得外面锣鼓喧天、人声鼎沸，破天记起了今天是农历三月初三，居云山上有庙会。前几天，破天就在窗下听得外面的行人在纷纷议论庙会的事。破天在这狭小的破旧房屋里太烦闷、太寂寞了，早就想走出去，还想上居云山看看。平时，门窗都关闭得严实，破天人小，没办法破门而出，跳窗逃走。鲍六那张恶狠狠的脸、那干哑的辱骂和咆哮声，使破天白天黑夜里都感到恐惧。他更怕鲍六的毒打，他身上已是青青紫紫的一片连一片了。可是今天破天的胆子却壮起来，庙会一定很热闹，那景象在强烈地吸引着他。破天见床上的鲍六还在沉沉地酣睡，便紧紧身上那宽大的棉衣，轻轻地走到门边，上前一摸，哎呀，门竟没有锁上。破天心中大喜，蹑手蹑脚地支开了门，等到自己的身体能挤出了小门，破天就像肋下生出了双翼，窜出去就飞奔起来。

破天赶上了前面的人群，只见有两支舞龙的队伍在边走边舞，一条是红色的龙，威风凛凛的舞龙大汉，头戴红巾，身着红衣红裤；一条是黄色的龙，精神抖擞的舞龙大汉，头戴黄巾，身着黄衣黄裤。红龙时而旋转时而翻腾，黄龙却盘在了一起，龙头高高翘起，离地面一丈有余。顿时四下里响起一阵阵鞭炮声和叫好声，两条龙随着锣鼓声向前行进。后面是一组年轻姑娘，唱着小调挑着花担，走三步扭两步地缓缓经过。接着响起了整齐而有节奏的莲枪声，一群中年妇女穿着彩衣，上下翻飞地敲打着手中的莲枪，围观的人群中又是一片叫好声。落在最后面的是划旱船的表演，旱船中是一个漂亮的姑娘，双手扶在船边在轻盈地摇摆，后面跟着头戴草帽，手拿船桨的艄公，最有趣的是走在旱船前面的那个男人扮成的俏婆婆，他那发髻在脑后高高翘起，鬓间插着一朵大大的红绒花，面颊上涂抹着两块圆圆的红巴巴。他一手拿着一块花手帕，一手不停地挥舞着芭蕉扇，一走三回头地扭过去又转过来，惹得观众们发出一片嬉笑声。

破天从来没有看到过这么壮观的场面，更没有见过这些表演。他觉得眼睛都看不过来了，东张张，西望望，一会去追着龙灯，一会儿又挤进人群看划旱船。破天快乐极了，也兴奋极了，他把什么都忘了，只是睁大眼睛咧开嘴巴，一路嬉笑着，随着人群上了居云山。

破天登上了锦绣崖，才觉得遍身燥热，已经是阳春三月了，破天还穿着棉衣棉裤，他解开了棉衣，一阵山风吹来，好凉快，真舒服。破天向下一看，啊呀！居云山真高啊，山下的河流、湖泊、房屋、道路像一幅图画展现在他的面前。

龙灯在居云寺前舞得更为卖力，鞭炮声、欢呼声、掌声、嬉笑声混成一片，后面的彩队也都显出了最精彩的表演，居云寺前成了欢乐的海洋。人们舞累了，乐够了，纷纷来到一片宽阔的平地上。

这里又是一番热闹的景象，民间艺人在唱大戏、玩杂耍，各种小吃摊前挤满了人，孩子们争着在买玩具、买糖人，还有人在放风筝。

破天寻了一块平整的石头坐下，一坐下来就感觉肚子饿得难受，是呀，早上到现在还水米未进呢。破天又饿又累，身上又没有钱，他无奈地低着头双手紧按住腹部。这时，一个手提竹篮的老奶奶，笑盈盈地走过来，从竹篮里拿出一块大米糕，递给破天，破天没有犹豫，点了点头，接过了米糕就吃。刚吃完了米糕，身边又有一个小女孩，给他送来了一个五香蛋，破天笑了笑，也接来吃了。破天觉得这里的人都很和善都很友好，个个都眉开眼笑又和蔼可亲，可这世上怎么还会有鲍六那样又凶又恶的人呢！

破天随着进香的人群走进居云寺，高大的山门就让人有几分敬畏。破天跨进“天王殿”，抬头只见了一个胖大和尚端坐在佛龛里，正眯着眼咧开嘴对他笑着，坦露的胸口露出鼓鼓的乳房，腹部的肚脐眼都露在外面，破天怕笑出声来忙捂住嘴。破天又向两边张望，只见殿中左右排开着四尊高大的神像，个个都是金盔金甲十分威风，或红或黑的脸上，双眉倒竖，眼球突出，擎着手中的兵器，摆开架式直视着下面。破天害怕起来，噌噌地后退了两步，头脑中轰轰乱响，他忙闭上眼睛靠在身边的大柱上。

停了好一会，破天才睁开眼睛，他低着头走出了“天王殿”。因为刚才的惊吓，破天不敢轻易地去看别处，只漫无目的朝前走去。走过了香烟缭绕的殿宇，避开了人头攒动的香客，只见前面有一个小圆门，这里是居云寺里的居园。破天慢慢走进去，这里却没有人，只见杨柳青青，桃花盛开，鹅卵石铺成的小路曲曲弯弯。破天来到这里，心头舒畅开来，他深深地呼吸着，觉得这里的空气特别清新。破天再向前走，过了小石桥，上了回廊，忽然飘来了琴声，破天沿着回廊上了楼阁，在楼阁上侧耳倾听。啊！琴声像幽谷间的清泉，像冬夜里闪闪的寒星，像和风中摆动着的细柳，像鸟儿轻盈地落在树梢。破天紧握住双手放在胸前，琴声像是拨响了他的心弦，又像点点火燃在他的心头。悦耳的音响，像是妈妈哄他入睡时的歌唱，又像是他牵着爸爸妈妈的手在奔跑、在嬉笑。破天一阵兴奋，出了园中的小门，追着琴声一路跑去。

破天下了几级石阶，走了一段羊肠小路，接着就是向上的一个高坡。破天跑着跳着上了高坡，琴声听得更真切了，他激动地连连加快了几步，只见坡顶上有座六角凉亭，亭上有几个人。破天的脚步慢下来，他沿着坡边上的树丛缓缓移步，当他来到凉亭下时，便迅速地闪在一棵大树下，他喘了喘气，吞咽着口水，这才朝亭子上望去。

六角亭中间坐着一个戴眼镜的男人，花白的头发，穿着长衫，面前的石桌上放着一张古琴，他正聚精会神地抚弄琴弦，两只手时而轻轻地拨弄，如蜻蜓点水；时而又上下翻飞，琴声似滚滚波涛涌过来又荡过去。南面坐着一个长须白髯、身着黄袍的和尚，只见他听着琴声，眼里闪着光彩。北边坐着的是一位道长，头上挽着发髻，身着蓝色道袍，他手捻着灰白的胡须在频频点头。一旁有个小和尚，正在准备着茶盏。

这亭上的几个人，正在弹琴的人名叫欧阳鸿，是个教书先生，那和尚是居云寺的住持弘懿法师，那道人是百里之外清虚山紫霞宫的青云道长。琴声结束了，余音好像还在山谷中鸣响。

“好啊，好啊！”弘懿法师张开双手，“欧阳，一曲妙音，真叫人感慨无限啊。”

“哪里，”欧阳鸿推推眼镜谦恭地笑笑，“方才你那首《普庵咒》使我的内心也更澄静更清爽了，还有青云的《逍遥游》，让我海阔天空地遨游了一番，幸事啊，幸事！”

青云道长不觉长吁一声：“啊，我们每一次的聚会都是难得的幸事，故知足之足，常足矣。弘懿，欧阳，我们三人自年轻时就是挚友，只要我们聚在一起，我就还原了我的凡胎俗骨。我们之间都是直呼其名，从不称呼法师、道长和先生，只有真正的知音，才能这般自然，不是幸事吗？”

弘懿法师捋捋银须：“是啊，只要同你们在一起，我像是返老还童，有了一颗赤子之心。只有真正的知己才会这般亲近，难得呀！”

小和尚递过来茶盏，三个人慢慢啜饮。

“欧阳，”青云道长放下茶盏，“刚才的‘大流水’跌宕起伏，姿态万千，真是音自心头起，声从指上来。可是……我怎么隐隐听到些忧伤?”

“是啊，我弹着弹着内心就难以平静。”欧阳鸿叹息一声，“光阴似流水，我们的来日不多了，我们的相聚还能多久……啊，可是我还想做很多事。”

弘懿法师凝住了眉头，忽地又开颜一笑：“欧阳，我们的琴心、琴意如此相通，应是知足了。人生苦短，无须多虑。”

“唉，我欧阳鸿一生潦倒、清贫，唯有古琴为伴，就想把自己多年的琴艺传下去，可是战乱不断，灾荒连连，百姓们都饥寒交迫，处在水深火热的动荡之中，哪里还能平静、安逸地操弄丝桐，又有几个知道这千年古琴的可贵呀?”

“是啊，我们道家虽飘然尘外独乐天真，可眼前的现实不能不让人忧心。”

弘懿法师站起身来，望着远处的峰峦：“苦海虽是无边，可我们还是要振作些。欧阳啊，哀叹损人心脾，抬头就能见到光明。古琴是我们的国宝，几千年都流传下来了，我相信还会一代代传下去。”

“是啊，”欧阳鸿抬起头，“多么好的琴曲，多么好的音乐，它是整个人类的财富啊，我相信终有一天，我们的琴曲会响彻寰宇，所有的人都会仰首聆听。”

“欧阳，说得好，说得好!”弘懿法师也激动了，他摆动着长长的银须，“欧阳，青云，为了古琴，为了琴曲，现在来谈谈我们琴集的事吧。多少年前我们就有了约定，我们三人共同编纂一部古琴曲集。”

“编一本儒释道三家传下来的琴曲集，这是我青云多年的心愿，接到了弘懿筹划此事的信，我很激动，便立即带着琴谱赶来了。”

“这两天我们一直在叙旧，可我是时时都在想着这件事。”弘懿法师说着就站起身来，走向欧阳鸿，“现在我郑重地说出来，欧阳，你才高学广，知识丰富，这编纂琴集的大事必须要你来担当重任。”

青云道长也站起来，向着欧阳鸿拱手：“欧阳，拜托了。”

欧阳鸿忙站起身，激动地一手拉着弘懿法师，一手拉着青云道长：“这是我们大家盼望许久的事，欧阳鸿当竭尽全力。”

小和尚过来斟满了茶盏，青云道长回到位子上坐下，端起茶盏忽又放下了，他望着欧阳鸿：“我们的琴集该有个名字。”

弘懿法师饮了口茶：“我反复考虑，不如叫它《三山琴谱》，你们看如何？”

“《三山琴谱》，”欧阳鸿默念着，又望望弘懿法师。

弘懿法师笑了笑：“这三山之中，一是居云山，一是清虚山，还有嘛……”弘懿法师拖长了音调，看看青云道长。

青云道长追问着：“还有一山在哪里？”

弘懿法师又嘿嘿一笑，手指着欧阳鸿：“欧阳学识渊博，琴技超群，岂不是一座高山奇峰吗！”

“对，对，说得好！”青云道长一听，同弘懿法师大笑起来。

欧阳鸿连连摆着手："不敢当，不敢当。"

青云道长过来拂起琴上的七根琴弦："欧阳呀，你不光是座高山奇峰，你还有一张好琴，是个宝贝呀。"

弘懿法师也走过来："欧阳，青云说得对，你的琴是件宝贝，好像是出自宋代的宫闱内，流传至今不容易，你可要守护好啊。"

"弘懿，青云，你们说得对，我把这张琴看得比我的性命还贵重，这次我们相聚非同一般，我把它带来，就是让你们再听听它美妙的声音。为了保存好这张琴，我特地设计了一个防水的琴套，外面还定制了一个牢固又密合的琴盒。"

"那就好。"弘懿法师点点头，"天下的古琴不多了，但愿有幸我们还能多见几张。"

欧阳鸿推推眼镜："弘懿，青云，有文字记载，和我这张琴出于同一名匠之手的还有一张琴，那张琴也流落在民间，我真想见见，真想听听啊，据记载，两张琴是一刚一柔，合在一起弹奏时，声音和谐，妙不可言啊！"

"啊！"弘懿法师和青云道长同时惊叹起来。

"你们看，"欧阳鸿支起石桌上的古琴，"这龙池旁有'龙吟乾坤靖'的行书体字，琴腹内隐隐可见些年月的落款。据说那张琴的龙池旁也有五个行书字——'凤哕日月明'。"

"龙吟乾坤靖，凤哕日月明。"弘懿法师与青云道长同声念道。

"记载中称它们为'龙琴'和'凤琴'，还有的称它们是一对鸳鸯龙凤琴。”

三个人立在石桌前，默默不语地看着石桌上这张髹黑漆通体蛇腹断纹显著的古琴。

小和尚过来连斟了几次茶。青云道长看看天空中的太阳，慢慢整理起身上的道袍，然后站正了身体拱起双手：“弘懿，欧阳，紫霞宫中还有些琐事，我须先告辞了。”

弘懿法师和欧阳鸿都站起来，弘懿法师合起双掌，欧阳鸿拱着手。

“我先去下面的小观中收拾一番。弘懿，欧阳，等我们的《三山琴谱》完成了，我在紫霞宫恭候你们，我们好好地庆贺一番。”青云道长说罢就从亭子的南面迈下石阶，他两袖生风，双腿如飞，不一会身影就隐没在下面的树丛中。

弘懿法师这才向着亭下的破天招招手：“娃娃，来这里，我早就看见你了。”

破天见老和尚慈祥的脸上带着笑容，在招手叫他，便慢慢上了亭子，他是想去看看那张琴，这琴的声音太好听了。

“娃娃，你叫什么名字？”

“破天。”

“破天，啊！这名字不俗呀，你从哪里来？”

“我从山下来的，今天是随着玩龙灯的人上山的。”

弘懿法师看看外面：“你在下面站了不少时候了，你家里的人一定在找你，快回去吧。”

“不！”破天的眼前出现了鲍六那张恶狠狠的脸，便喷出一个字。

“啊？”弘懿法师和欧阳鸿都惊愕地张开嘴。

“我不回去，我决不回到恶人那里。”破天说着就哭起来。

“破天，不哭，慢慢说。”

破天抹了一把眼泪：“我出来找妈妈，被那恶人鲍六逮住了，他虽然救过我，可他骂我打我，不准我找妈妈，不准我找自己的家，我决不回他那里！”

“你家住在哪里？”欧阳鸿上前轻声地问道。

“我家在很远的地方，叫……香里秦的村庄，鲍六拖着我，又坐船又乘车，走了几天才到山下。”

“啊，”弘懿法师听着小破天的哭诉，凝视着前方，他十分怜悯又有些无奈。回转头再看看破天，只见他圆圆的脸庞上皮肤光洁，一对乌黑的眼睛，眼球的转动中虽露出些惶惶不安，却也透出了几分的聪慧，长长的睫毛闭闭合合，两侧鼻翼时时在扇动，都显现出些灵巧，老法师越看越觉得这孩子有些可爱。

破天虽是不愿再回鲍六那里，可妈妈找不到，自己的家还不知道在哪个方向，急得呜呜直哭。

孩子的哭声刺痛着弘懿法师的心，他把破天拉近身边，用衣袖为破天擦干了眼泪，让破天偎在自己的怀中，老法师感到异常的温暖。为了破天不再伤心难过，弘懿法师露出笑脸问道：“破天，你在亭下一动不动地站了很久，为什么？”

破天立即停止了呜咽，仰起小脸：“听你们弹琴呀。”

欧阳鸿又惊住了，他倾着身体，问道：“你在听我们弹琴，好听吗？”

“好听。”破天像同面前两位老人已经很熟悉了，“我家也有一张这样的琴，可爸爸只教妈妈，不让我去碰它。妈妈告诉我说，古琴也叫琴，又叫丝桐。”

弘懿法师一直沉默不语，半晌才抬起头对着欧阳鸿：“欧阳，让破天先留在居云寺，你看如何？”

“弘懿，你想破天入佛门？”

“不，”弘懿法师摇摇头，“只是权宜之计，最好能找到他的家。欧阳，如果你能安定下来，小破天在你的教导下，必能成才。”

“唉，”欧阳鸿叹息一声，“可我漂泊四海，为了衣食还寄人篱下呀。”

“好吧，我先留下破天。”弘懿法师拉住破天的手，“我可以教你识字，教你弹琴，你愿意留在居云寺吗？”

听说能弹琴，破天乐得蹦起来：“愿意，愿意，我愿意。”

弘懿法师叫过来小和尚：“惠空，破天暂且留在寺中，以后他的生活起居，你要多指教，多帮助。”

“是，法师。”惠空双手合掌俯下身体。

欧阳鸿在杨柳青青、桃花盛开的居园的居云阁上忙碌起来。楼阁的桌上、凳子上、椅子上，甚至地上都放满了琴谱，他先把所有的琴曲编出序号，然后逐一地阅读琴谱，反复几遍后，从各人带来的琴谱中各选出十首，再在这三十首琴曲上下功夫，一边在古琴上试奏，一边纠正谱上的一些明显的错处，最后要做的就是打谱。

桃花谢了，杜鹃花开了，欧阳鸿在居云阁上快乐地忙碌着，忘记了时间，忘记了山上的风，忘记了山上的雨。

欧阳鸿合上最后一首琴曲谱，舒展起身体，他心里非常愉快。

这时，弘懿法师走上楼阁，一见欧阳的神情："欧阳，完工了？"

"完工了。"欧阳鸿满面喜色，"不过是暂时地完成了。"

"好，好，阿弥陀佛！欧阳，辛苦了。"

"弘懿，我才做了第一步，这些琴谱先放在这里，我还要再三推敲。"

"好，这些琴谱先放在居云寺内，只要你有时间就上山来，这样的大事不能急于求成，我们的三山琴谱一定要编得很出色，还要把它装帧得精致无比。"弘懿法师越说越兴奋。

"弘懿，我在山上不少日子了，明天就想回去。"

弘懿法师望了望欧阳鸿："这次要回哪里呢？"

"还是先回裕州再说吧。"

“我真为你担忧啊，这样的漂泊不定，我们都已上了些年纪啦。欧阳，回你的家乡吧，你家祖上还有些田产，保你晚年衣食不愁哇。”

“不，”欧阳鸿摇摇头，“我早就离开了家，当年我曾发誓再不回去，离家时，我也只带出了这张龙琴。”

“啊……”弘懿法师沉吟起来，“你表妹苏兰馨有消息吗?”

“她在金港，早已成家了，嫁了个好人家，听说在音乐学校教书。”

“你们两个啊，唉，凡事因缘而生，凡事因缘而灭……”

窗外起风了，天空中乌云翻滚，云层越来越黑，向下压得越来越低，不多时，倾盆大雨便从天而降。

弘懿法师忙关上门窗，转身只见欧阳鸿一脸沮丧地坐在凳子上，他捻捻长须，忽然开颜说道：“明天准是个好天气，欧阳，你还没见过居云山上的云海和日出的奇观，这次让你碰上了。”

欧阳鸿从痛苦的记忆中走出来，他向着弘懿法师点点头。

站在门外许久的破天，突然推开门走近弘懿法师的身边：“老法师，我也想去。”

“你也想去?”弘懿法师越来越喜欢破天了，小破天长得好，又聪明伶俐，好像还有着不同于一般孩子的灵性。弘懿法师慈爱地摸摸破天的头，“那你也去吧，高山悬崖之处，可要注意安全。”

“是，破天记住了。”破天学着惠空双手合掌低头俯下身体。

看着破天可爱的小模样，弘懿法师和欧阳鸿都哈哈笑起来。

果然是个好天气，星星稀疏地散布在天际。弘懿法师领着一行人向高处走去，惠空提着一盏灯笼走在前面，给老法师照路，欧阳鸿也提着一盏灯笼，一手拉着破天紧跟在后面。

昨天的那场暴风雨来得猛烈，去得也迅速，山道上的雨水已经干了。破天不敢四处张望，只看着自己的脚下。在灯光的照耀下，周围显得更黑暗，一阵山风吹来，灯笼里的烛火摇摆不定。四个人翻过了两个高坡，又走了一段弯曲的山道，上了一块平坦的高地才停下来。

“这里是海云墩，是观看居云山日出和云海最好的地方，都坐下来歇歇吧。”弘懿法师在墩上一块平整的石头上坐下，“这海云墩三面都有扎入岩石竖起的铁杆，铁杆上缠有铁索，很安全。”

海云墩上散落着大大小小的石块，这是多少年以来，观看居云山奇观的人们从别处移来的。弘懿法师和欧阳鸿端坐着，破天挤在了他们之间。

弘懿法师摸摸破天身上的棉衣，不再担心破天会受凉。他侧过头对站在一边的惠空说道：“把灯笼灭了吧，找个地方坐下。”

“是。”惠空接过欧阳鸿手中的灯笼，走到一边把两只灯笼一一吹灭。

灯笼里的烛光一灭，破天就觉得原来一片黑之中，渐渐显现出了山影，身后的山崖也突现出来。四周好静啊，破天想站起来看得更真切些，弘懿法师一把按住了他："别动，注意前方。"

东方的天幕上抖动了一下，很快吐出了一丝光亮，接着像扯去了一道道幕布似的，东方映出了一片紫灰色，灰色调在慢慢隐去，那紫色却更是艳丽。破天只觉得眼睛刚一眨，那一片紫色中就注入了些青绿和橙红，各种色彩交融在了一起，又缓缓地散开去。突然，对面的山影间亮出了一点金光，破天被这夺目的金光震得猛然站起身来，他屏住呼吸，想把眼睛睁得再大些，更是不敢再眨动一下。那一点金光迅速扩大，又聚成了一团，猛地向上一跃，变成了一个圆圆大金盘，放射出万丈光芒。

太阳出来了，太阳升起来了！破天兴奋得使劲地拍手，大声地叫嚷，他只顾看着那太阳，而下面的云海也奔涌起来。波涛向着太阳滚动翻腾，抹上了层层金色、红色。望着这摄人心魄的奇异景色，破天停止了喊叫，一动不动地伫立着，可他全身的血液都在沸腾，感觉自己整个身体都融化在这金光四射、浩浩云海的山谷里了。

弘懿法师见破天不声不响一点动静都没有，便侧过身来，只见破天两只眼睛瞪得很大，眼里闪出神奇的光亮，鼻翼在不停地扇动，两片嘴唇不时地张开又闭合："破天，破天，你在想什么？"

"别说话。"破天摆着手，整个身体在向前倾着。

"啊？"弘懿法师和欧阳鸿都十分诧异。

"快听，有琴声……还有歌声。"破天的声音很轻，像是怕惊扰了什么。

欧阳鸿震惊了，他搂住破天的腰，脸上的肌肉不停地在抽搐。

“啊呀，真好听，太阳升起时就响起来，是太阳唱出来的？好像又是在云海滚动中奏出来的。啊！像有无数琴弦在拨动，像有千万个人在歌唱。”破天不停地喃喃自语。

欧阳鸿把破天抱得更紧：“你真的听到了？”

“真的，你们听，还在弹奏，还在歌唱呢。”

弘懿法师把破天的两只小手合在自己的手掌中，轻轻地抚摸着，他闭上眼睛昂起头：“破天，你听到的那是天上的音乐，天上的音乐啊！”

“天上的音乐，天上的音乐。”破天默念着。

弘懿法师挺直了身体：“是天上的音乐啊！破天，你要牢牢地记住。”弘懿法师说得很慢，字字都很有力。他握住破天的手，望着对面悬崖上贴着崖壁伸展开来的一棵苍劲的青松。

三　辨弦拜师

破天在居云寺里很快乐。惠空小和尚对他很好，破天每天跟在惠空的后面，和他一起打扫殿堂，又一起去担水劈柴，虽然吃的都是素食，但破天已经很满足了。就是常常想念爸爸妈妈，可家乡在哪里？他都不知道家乡在哪个方向，爸爸和妈妈一定在到处找他……破天想到这里，就想放声大哭一场。

弘懿法师同破天越来越亲近了，自观看云海日出之后，老法师就认定了破天是个非凡的孩子，如果能得到很好的教育，破天的前途是不可估量的。弘懿法师教破天识字，还教他弹古琴。破天学琴很专心，老法师每讲一点，他转动转动大眼睛就记下了。两只小手抚在琴弦上，很是像模像样，左手在各个徽位上的音高，他听得准记得清，学习“减字谱”也很快，渐渐地他已经能弹奏出一些简短的乐曲了。

看着破天学琴、认字的惊人进步，弘懿法师的心里常有些沉重，破天的天赋非同一般，留在居云寺怕是要耽误了他，可他又能去哪里呢？最好当然还是送他回自己的家，可他的家在哪里？破天说不清，自己也曾四处打听过，可远近百里都没人知道哪里有个“香里秦”。弘懿法师思来想去，认定了只有欧阳鸿可以教导破天，培养破天，欧阳鸿的为人和学识都称得上楷模，有欧阳鸿这样的先生，破天这颗明珠定会越磨越光亮。可是想到要送破天远行，弘懿法师心中实在难舍这个可爱的孩子，每天看到了破天，他心中就增添一丝温暖，破天在他身边写字弹琴，他就感到无限欣慰。可是老法师的心里更明白，破天应该去走他自己的路，去闯他自己的世界。破天同他的缘分也只是过眼的烟云。啊，还是先同欧阳联系上再说吧。

惠空挑着两只空水桶，破天和他并肩走着，两人嬉笑玩闹着走出居云寺西边的小门，破天远远看见一个人歪歪倒倒地爬上了坡，破天心里一惊：“不好，是鲍六来了！”

破天忙拉住惠空，指着前方：“恶人来了，恶人来了！”

惠空有些莫名其妙，但是见破天脸色苍白，惊恐万状的模样，好像清楚了一点。

“就是上坡的那个人，他是来抓我的，你就说从来没见到过我。”破天说完拔腿就跑进了居云寺。

惠空完全明白了，他装出一副懒散的模样，挑着空桶慢悠悠向前迈步。

鲍六喘着粗气，猛地冲到惠空的面前："小和尚，你们庙里是不是藏着一个小孩，叫破天！"

惠空放下水桶，双手合十："施主，我们出家人慈悲为本，怎么会藏着小孩呢？没有的事。"

鲍六满口酒气，他两手握拳高高举起，大声咋呼起来："有人见到过，破天就在庙里面！"说罢，推了惠空一把，气势汹汹地向寺里闯去。

这时，弘懿法师出现在山门里："阿弥陀佛！这里是清静圣洁的地方，怎么能这样大声喧哗。"他打量着鲍六，"施主，有什么事，老衲尽可奉告。"

稳健持重的老法师一下震住了鲍六："我……我在寻找我的小孩，听人说……不，我只是上山来打听打听。"

"施主，还是去别处寻找吧，阿弥陀佛，不要在此惊扰了菩萨。"

鲍六悻悻地转过身，要动步，忽地又跳转过来："你若藏着破天，我就带人来拆了你的破庙，你等着，我还会来的！"

一直看着鲍六下了坡，弘懿法师心中空空荡荡："破天是留不住了，立刻叫他下山，送他去裕州，找欧阳。"

弘懿法师叮嘱惠空，一定要把破天平安地送到裕州，交给欧阳先生。惠空把破天的棉衣打了个包袱，包袱里放了一包馒头。老法师指引惠空从居云寺后面一条小路下山，走十余里路到阳河镇，镇上就有去裕州的班船。

破天依依不舍地告别弘懿法师，他含着眼泪扑在老法师的怀里：“老法师，破天走了，等破天长大了，一定来看望您老人家。”

弘懿法师微笑着，松开了破天的手：“走吧。”

破天连下了两个山坡，回头望去，见弘懿法师还站在高处向他频频挥手。

破天和惠空一直相处得很好，惠空领他到处去玩，把好吃的素鸭素鹅全拿给他吃，今天两个人有说有笑地一路走下了山。

来到阳河镇，惠空在大路边放下了包袱，寻了有两块大石头的空地歇下，前面是一棵高大的柳树，正好挡住了阳光。破天坐在拐进巷道的石头上，惠空坐在大路边。惠空正欲解开包袱，拿出馒头来吃，突然，他发现远处立着一个人，仔细一看背影，哎呀，像是鲍六！那鲍六慢慢转过身，向着他们走来。

“破天，不好！鲍六来了，你从巷子里绕出去，我上前去把他引开。”惠空把包袱塞给破天，“破天，记住，在轮船码头上等着我。”

“啊！”破天大惊，忙背起包袱往巷子深处跑去。

惠空见破天跑远了，便站起身来掸掸僧衣，大摇大摆地从鲍六身边走过去。

“哎，小和尚，小和尚！”鲍六想喊住惠空，惠空像是根本没听见，向着一个热闹的集市走去。

破天气喘吁吁地来到轮船码头，只见一艘小洋船停靠在岸边，船上的汽笛在鸣叫，络绎不绝的旅客争着上船，破天看看四周，哪里有惠空的身影，破天正自着急，只见鲍六大步流星地向这边赶来。破天躲也无处躲，藏也无法藏，情急之下，他紧紧抱着包袱挤向人群，牵着一个老人的衣角上了船。上船后，破天赶忙转到了阴暗的船舱，躲在一个角落里不敢出声。

小轮船开了半天，才停靠了码头，下了船，破天才知道，这里不是裕州，是一个叫作茂里的县城。破天傻了，他不知道如何是好，更不知该往哪里走。他噙着眼泪漫无目的地走着，直走得腿酸脚累，再也走不动了，才在一个店铺边上放下了包袱，坐在沟沿边的石头上痴痴地看着沟里的流水。起风了，又下起雨来，风雨中破天紧搂着包袱蜷缩在屋檐下。

店铺里走出来一个年轻的姑娘，齐耳的短发，红润的脸庞，一身绸布花衣裙，长筒丝袜配着一双光亮的皮鞋。姑娘正准备撑开黑布伞，一眼看到缩成一团的破天，忙撑开伞走过去，为破天遮蔽风雨。

“小孩，你家在哪里？”姑娘的声音很柔和。

破天摇摇头，没有说话，可眼泪扑簌簌地掉下来。

雨越下越大，姑娘扶起了破天：“来，跟我进去，先避避雨。”

破天虽有些迟疑，但也没办法，只好背起包袱低着头，跟着那姑娘进了店上了楼。

破天走进一间房子里，满屋都是笔墨纸砚，墙上挂着几张画，画的是古代美女和鸟虫花卉，屋子里还散发着阵阵幽香。

“小弟弟，你叫什么名字？”姑娘让破天坐下，倒来了一杯水，见破天有些局促不安，就微笑着，“啊，你就叫我雯姐吧。”

“雯姐。”破天轻声叫着，心里的重压也随着轻了许多，“我叫破天。”

“破天，你这么小的孩子，怎么一个人流浪在外面呀？”

“我坐错了船，和家里人失散了。”破天不想说得太多，更不愿提起鲍六。

“还能和家里人联系上吗？”雯姐更关心了。

破天摇着头哭泣起来。

“破天，不哭，不哭，我们来想想办法，”雯姐也为难了，领进来一个无家可归的孩子，外面又是风又是雨，怎么忍心再把他推出去呢。雯姐仔细地看看破天，呀！这孩子生得真好，五官端正，皮肤白嫩，不粗鄙，不俗气，雯姐对破天于怜悯中多出了几分喜爱。

雯姐为了安慰破天，扬扬细眉：“破天，你喜欢画画吗？”

“画画？喜欢。”破天抹了抹眼泪，声音还是很低，“可我没画过。”

“画画真好，我就喜欢画，不久我就要去金港上学，还是学画画。”

“雯姐。”破天十分羡慕雯姐，他指着墙上的那些画，“这些都是你画的吗？”

“是的。这些画叫作工笔画，我喜欢它清晰的轮廓，艳丽的色彩。破天，我一辈子都要去画画，这世界上再没有比画画更好的事了！”

“雯姐，你多好啊，可我……”破天说到这里又低下了头。

“啊，”雯姐这才意识到，自己只顾在破天面前畅快地道出心中的快乐和志向，可破天是个有了难处的孩子，想到破天的处境，她也犯起愁。

“破天，你的家人在哪里？”

破天只是摇头不说话。

“破天，我送你回家吧。”

破天的头摇得更厉害，眼泪不断地流着。

雯姐看看窗外，雨越下越大，破天能去哪里呢？自己不能看着这么好的孩子遭罪，不忍心这么小的孩子在风雨中露宿街头啊。雯姐凝神地看着屋檐上哗哗流下的雨水，突然心头一动，转过身来：“破天，你愿意留在楼下的中药铺吗？”

“中药铺？”破天全然不懂雯姐说的话。

“破天，楼下是一个中药店，卖药的，有人生病了就来这里抓药，治好过很多病人。”

破天更不解了："我这么小，能做什么？"

"你可以在这里当学徒呀，学一点本事，还能认识些字。"

"我……"破天看看外面的风雨，无可奈何地点点头，可很快又说，"我要找我妈妈。"

雯姐抚摸着破天的肩头："能找到吗？上哪里去找？"

破天又伤心地摇着头。

"那这样吧，等你长大了些，再去找吧，你总先要有个安身之处啊。"

"人家会要我吗？"

雯姐笑了："这楼上楼下都是我父母买下的，中药铺也是我父母出钱开的，我父母在前面的镇子上安度晚年，这里的一切都交给我叔叔照管，等会我下去同我叔叔商量商量，他会收下你的。"

破天茫然地看着雯姐，他不知自己怎么会落到了这里，还当上了学徒。

破天留在了中药铺，住在楼梯下面隔成的一个小房间里。店里安排他每天只扫扫地，擦擦桌椅，吃饭时为大人们端菜盛饭，饭后收拾好饭桌再去洗碗。几天下来，破天渐渐适应了这新的环境，可是一到晚上独自躺在床上时，就想起了爸爸妈妈，他蒙在被子里叫着爸爸，叫着妈妈，叫了一阵又哭上一阵。

破天在这里，最高兴的事就是偷偷溜进雯姐的房间，看雯姐画画，听雯姐讲故事。

一天，破天又上了楼，只见雯姐的房间里放着两个大皮箱，雯姐正在整理衣服，见破天进来了，放下衣服走过去："破天，我下午就要去金港了。"

"雯姐，你真要走了？"破天像失去了依靠，心里有些慌张，他上前一把拉住了雯姐。

雯姐把破天拉近身边，在凳子上坐下："雯姐是去上学读书，会常常回来的。我已同我叔叔说好了，这里不会有人难为你。破天，你在这里好好地学些本事，等你长大了，去金港找我，我领你去看我的画展。"

中秋已过，天气渐渐凉了，中药铺前的那棵高大的梧桐树落下了片片黄叶。雯姐从金港回来过一次，给破天带了一包五颜六色的糖果。

中药铺里有个黄师傅对破天很好，他处处都照顾着破天，还教破天认识了不少中药。这天晚上黄师傅人不舒服，要破天给他去买碗馄饨，破天满口答应了。破天提着一个小竹篮，里面放了个有盖的青花瓷碗，他进了马路对面的一条巷子，想抄近路去前面的十字路口，那里有几处卖馄饨的摊点。巷子里昏暗的路灯下行人很少，破天急速地转进另一条小巷，突然传来了琴声，这静静的巷道里，琴声分外清晰，破天停住了脚步，他寻着琴声向前找去。

小巷的中段有一片平坦的开阔地，有一道残破的木栅栏，木栅栏里有几间房屋。破天走进了木栅栏，只有一间小屋里亮着灯光，破天悄悄来到小屋前的窗下，只见屋里一个戴眼镜的男人正在操弄古琴。那人的头略偏向一侧，好像在辨别丝弦上的乐音是从花间散发的，还是从水中跳出的。破天觉得这个人有些熟悉，连他弹奏的那张琴好像也见过。琴音中的泛音清亮，乐曲在撮起的长音中终止了。弹琴的人这才坐正了身体，抬起头来长舒出一口气。

“欧阳先生，”破天大叫起来，“欧阳先生！”

“啊？”此人正是欧阳鸿，欧阳鸿诧异地转过身，推推眼镜，看清了自己面前站着的人是破天，他又是吃惊又是高兴，抬起双臂奔过来，“是破天！啊呀，小破天啊！”

破天放下竹篮，扑到欧阳鸿的怀中哭起来：“欧阳先生，我找到你了。”

欧阳鸿抹去了破天脸上的泪水：“小破天，我也在找你呀，弘懿法师来信把一切都和我说了，我们都在为你担心。破天啊，你怎么在这里呀？”

破天一边抽泣，一边把自己流落到茂里的经过简短地说出来。

“破天，我现在就在这里教书，”欧阳鸿指指外面黑暗中的房屋，“你看，那间大房子就是课堂，这下好了，我们可以常在一起了，我立刻就给弘懿法师写信，让他放心。”

欧阳鸿怎么出现在茂里小县呢？他下了居云山便直奔裕州，可是还未进裕州城门就拥出来一批批的难民，说是两个部队在城里交上了火，烧了许多房屋，还炸死了不少百姓。

欧阳鸿还想进城去拿些衣物，可是枪声越来越近，又逃出来一批百姓。欧阳鸿眼看是进不了城了，便放下手中的琴盒，在空地上的一块石头上坐下，他心中像盘着一团乱麻。回裕州的路上，在一个小茶棚中欧阳鸿听到了一件事，说是百里之外的茂里县城来了一个善弹古琴的流浪汉，随身带着一张稀世宝琴。欧阳鸿听了心中大喜，希望那就是自己追慕的“凤琴”，他要去找到“凤琴”，更想在茂里好友的帮助下得到“凤琴”，让“龙凤”宝琴永远在一起。欧阳鸿原本想先回裕州了结一些事，讨些衣物再去茂里，茂里那里的好友会帮他安排好一切的。不想刚踏上裕州就遇上了兵火，自己没有被褥和御寒的衣服，怎么去茂里呀！

“嗖”的一声巨响划过半空，欧阳鸿惊得弹跳起来，猛地伏倒在琴盒上，一颗炮弹就在他身边几步远的地方炸开了，他的身上满是炸飞开来的泥土，欧阳鸿死死地抱住古琴，又有几颗炮弹落在他的周围，他推推眼镜，紧抱着琴盒，顾不得脚下坑洼不平的泥水地，逃进了密密的芦苇荡……

破天的心里踏实了，日子也过得有些精彩了。欧阳鸿是他的先生，也成了他的亲人。白天破天在药店里努力地干活，一有时间就捧起欧阳先生给他带回来的课本，他认真地读，努力地记，每天都觉得有很多的收获。一到晚上，破天更是快乐，他飞一般地奔到先生面前，先学习新课，破天白天早把要学的课程预习了几遍，这样，晚上先生教课就用不了多少时间。欧阳先生是按新式学堂的模式来教学的，不光教认字、读古文、写文章，还教数学、自然常识，等等。欧阳先生教完了课就教破天弹琴，在居云寺的那些日子，破天在弘懿法师那里已经学了不少古琴的基本知识，现在欧阳鸿更仔细地为破天讲解，从古琴的历史、构造说起，由浅入深地讲到古琴的弹奏，破天仍感到很新鲜，很有趣，每晚在回药店的路上，他都要把先生教的在脑袋中过上几遍，聚沙成塔，破天的长进，欧阳鸿看在眼里，喜在心中。

药店里的黄师傅对破天百般照顾，每晚都为破天守着门，掌柜的也因雯姐的再三关照，对破天也是另眼相看，店里的人也都喜欢破天，破天聪明能干，见有活就抢着去做，没多少事的时候，才捧起自己的课本。破天现在每月也有了少许的工钱，他常常买些糕点和水果送给先生，欧阳鸿孤寂的生活中有了安慰，破天聪慧和勤奋上进，让他有了寄托，有了希望。

今天是端午节，昨日破天就和欧阳先生约好，去茂里河去看赛龙舟，欧阳鸿领着破天兴冲冲地来到茂里河边，只见岸边人山人海，做各种小生意的都聚拢来了。欧阳鸿和破天正要登上河堤，只见堤下一个老人坐在地上捶着胸口大声地哭喊，白发银须不住地抖动，地上撒落着鲜红的桃子。两个歪嘴龅牙的青年人正嬉皮笑脸地捡着桃子。

“住手!”一声吼叫声如雷鸣，一个十七八岁的青年气冲冲地大步走过来。

“干什么？想抢老子的桃子，找死啊!”两个人放下手中的桃子，直起身来，一卷袖子就猛扑过去。

那青年稳稳地站立着，巧妙地让过了那两人挥来的拳头，他一手抓住了一人的手腕，稍一使劲地按了按，然后猛地放开了双手。

“哎哟，哎哟!”两个人被摔了很远，都瘫倒在地上，各自抚着一只胳膊连声地叫唤。

“起来，给我起来，把桃子全捡起来还给老人!”青年叉起腰厉声地说道。

两个人赶忙爬起来，低着头用一只手捡着满地的桃子，往返多次才把一地的桃子放在了老人面前的竹筐里，然后恭恭敬敬地立在那个青年面前。

“滚吧!”那青年一挥手，两个无赖瞬间就钻进了人群里。

“小武，小武!”欧阳鸿把这场面全看在眼里，他真为小武高兴，小武长大了，成了有侠义心肠的好汉了。

那青年一见欧阳鸿，跑过来紧紧地握住了欧阳鸿的手：“先生，先生，我就是来看望您老人家的，不想在这里遇见了您。”

欧阳鸿上下打量起小武，啊，当年那个瘦弱多病的孩子，如今这般的健壮，还有如此的豪情，太好了，太好了！

欧阳鸿转过头来向着破天：“破天，他就是我常和你说到的邵小武。”

“小武哥，你好。”破天很有礼貌地同邵小武打了个招呼。

“他叫破天，也是我的学生。”欧阳鸿向小武介绍破天。

邵小武看着破天亲热地倚着欧阳鸿，就知道破天定是个好孩子。他拉起破天的手对欧阳鸿说：“先生，我们去寻一个小饭馆坐坐，今天我请客。”

三个人在一家小酒楼坐定，邵小武要了一荤两素和一个汤，又特为欧阳先生点了一壶酒。邵小武为先生斟满了酒：“先生，慢慢喝，破天，你吃菜。”

“小武，你怎么知道我来了茂里？”欧阳鸿心里高兴，啜了一口酒问道。

“清明节时，我回裕州扫墓，得知您来到了茂里，今天小武是特地来看望您老人家的。”

“好，好，小武，长大了。”欧阳鸿喜滋滋地喝着酒，“青云道长还好吧？”

“青云道长很好，”邵小武说着从一个小包袱里拿出一个瓷葫芦，“青云道长为你炼了瓶丹药，能延年益寿。”

欧阳鸿手捧着磁葫芦，凝神望着远方：“青云，谢谢啦。”

破天的一碗饭吃得很慢，他注意听着先生同小武哥说话。

“先生，我虽然身在紫霞宫，可是常想念您老人家。当年您教给我的课文，我都还记得。先生，要不是您把我送到青云道长那里习武，我的身体……也许早没有我邵小武了。”

“小武，当时看你可怜，你父母也很难得，舍得让你远行。唉，可惜他们都下世太早，要是他们活到今天，看到你如此英武健壮，该多高兴啊。”

邵小武难过地低下头，欧阳鸿也沉默了，懂事的破天立刻站起来，为先生斟了一杯酒：“先生，今天见到了小武哥，我特别高兴。”破天说着就凑近邵小武，“小武哥，我们都是先生的好学生，以后我就是你的亲弟弟一般，你愿意吗？”

“啊，愿意，愿意。破天，邵小武是你的哥哥。”邵小武抚起破天的头。

“小武啊，见贤思齐，做人就要是个坦荡荡的君子。”欧阳鸿无限感慨地深饮了一口酒，“练武不能懈怠，更要专心致志啊。”

“是，先生，”小武停顿了一下，才又开了口，“先生，有时候我也有一些迷茫，今天也是特地来求教先生的。先生，一个人有了浑身武艺，不能只是为了强身健体吧。我这么年轻，即使不能去卫国保家，也要能除恶扬善，扶贫济困呀，先生，像刚才那两个欺负老人的无赖在民间太多了，同他们讲理是讲不通的，只有用武力。”

欧阳鸿沉吟了半晌：“你说得也有道理，人世间的肮脏是太多了，要打扫这些污秽，武力嘛，也是种手段，不过……啊，小武，你将作怎样打算呢？”

“先生，我是你的学生，你的孩子，在你面前我毫无顾忌，也只是想敞开我的心怀。明天我还是回紫霞宫练我的功夫。”小武说着淡淡地一笑。

“小武，勤练功夫，等待时机吧，希望你将来能去做一番正义的事。小武啊，你在成长，在进步，先生为你高兴。”

破天似懂非懂地听着他两人的谈话，总感觉到心里有着一阵阵的激动。

“先生，今晚我就在您那里借宿了，我心里积压着好多话，想同先生谈谈，请先生多指教。”

“好，好，先生愿意同你一起来探讨。”

几年过去了，破天的个头长高了许多，在中药铺里能干许多事，掌柜对破天也满意，黄师傅更是里里外外地帮着破天，护着破天。破天每次上楼走过雯姐的房间时，都想到雯姐，可是一直不见她回来。

破天已经学完了小学的课程，古琴弹奏也更娴熟，欧阳鸿对他的要求也更高了。破天一曲《石上流泉》弹罢，望着欧阳鸿，想听听先生的指教和评说。

欧阳鸿推推眼镜，却说道：“古人云：‘未按弦时，当先肃其气，澄其心，缓其度，远其神。’”欧阳鸿看看破天，只见破天在凝神静听，鼻翼在不停地扇动，欧阳鸿又说下去，“古人又云：‘指下过弦，慎勿松起，弦上递指，尤欲无迹，往来动宕，恰如胶漆，则弦与指和矣。’破天，你懂吗？”

破天忽闪着睫毛：“懂一点。”

“好，你先多想想，多悟悟，以后我给你细细地剖析。破天，韩愈的那首《听颖师弹琴》的诗读了吗？”

“读了，我能背诵了，先生，我喜欢最后的那几句。”

“是的。‘推手遽止之，湿衣泪滂滂，颖乎尔诚能，无以冰炭置我肠。’写得多好啊，破天，琴声竟然能使人的情感在冰块和炭火中翻滚激荡，这是怎样的魔法，一种多么强的感染力呀！”

“啊，”破天拧起的眉头忽然舒展开来，“那不就是天上的音乐！”说到这里，破天好像看到了居云山上的云海和日出。

“天上的音乐！”欧阳鸿呵呵地笑着，“啊，天上的音乐。”

破天兴奋得用手在七条弦上来回地滚拂：“我也要弹奏出美妙的天上音乐！”

欧阳鸿慈爱地看着破天：“破天啊，弹琴要多理解多思考，才能使心与手指相应，更要多读书，广闻博记。”

“是，先生，破天一定努力去做。”

看着破天已长成了半大的小伙子了，欧阳鸿就常想到破天的未来。中药铺只能是破天暂时安身的地方，学习音乐，学习古琴才是破天应该走的路，聪明懂事又勤勉的小破天，应该得到更好的教育。茂里这小地方能人少，破天应该去外面见识见识，去扩展自己的眼界，让他的才能得到更好的发展。欧阳鸿日夜思索，考虑再三……能帮扶破天的只有一人，就是他的表妹苏兰馨。

欧阳鸿与苏兰馨是青梅竹马，情投志合的姑表兄妹，两人自小就在一起学习古琴，他们在琴音中找到了知己，在琴韵中读懂了对方的心声，可是有情人却不能成双作对。欧阳鸿悔恨自己辜负了表妹，当年父母不顾自己的再三反对，硬是给他订下亲事，苏兰馨一气之下远离了故土，接着自己也在迎亲的前夜，怀抱着古琴冲出了家门。他要去找苏兰馨，可是人海茫茫，他寻遍了南北东西，也没有探得表妹半点音讯，自己却是浪迹天涯……五年前，忽然得知了苏兰馨的下落，表妹在金港已经有了家庭和孩子，在音乐学校任教。啊，兰馨啊，表妹，知道你还在弹奏古琴，你拨弄琴弦时可想到过我欧阳鸿，你是否还常常拨弄我们曾合写的那首琴曲？

天气忽凉忽热，欧阳鸿这几日一直觉得不很舒服，头脑晕乎乎的，还时时有阵阵的胀痛，又连连地咳嗽和喘息。今天放学后，就想倚在桌边休息休息。他迷糊了一下，又想到《三山琴谱》，这几年欧阳鸿也曾抽出时间上了几趟居云山，为《琴谱》中的一些琴曲反复打谱，又去了紫霞宫和青云道长探究一些琴曲的事。前不久，他和弘懿法师、青云道长三人共同审核，《三山琴谱》终于大功告成。琴谱仍留在居云寺，弘懿法师在设法请人刻印。欧阳鸿想到多少年的辛苦，日盼夜想的《三山琴谱》就要呈现于世了，心中十分欣慰。

这时，房门被推开，进来了一个梳着油光分头，身穿绸衫，手中摇着白纸扇的人，那人一进门，就收起折扇拱起手："敢问是欧阳先生吗？"

欧阳鸿微微睁开眼，见进屋的是个打扮阔气的陌生人，心中甚是疑惑："你是？"

"我叫阿丁，在县政府内当差，特地来拜访先生。"阿丁一笑，露出来又黑又黄的牙齿，令人生厌。

"啊，是县府的官差。"欧阳鸿站起身来拱拱手，"不知大人到此有何吩咐。"

"哪里，哪里……"阿丁挤眉弄眼地笑了一番，"啊，是这样，我们县太爷的公子平日爱玩笙箫管笛，对古琴虽然不熟悉，但却十分喜爱，他闻知先生这里有一张不错的琴，就朝思暮想，嘿嘿，所以要差遣阿丁前来……"

"啊！"欧阳鸿顿时警觉起来，虽然胸中已不顺畅，但他还是不动声色地稳稳坐下。

"欧阳先生，如果……如果你让出古琴，我们公子是不会亏待你的。"

欧阳鸿鄙夷地哼出一声："阿丁大人，这张琴一直伴在我身边，我欧阳鸿什么都可以舍弃，但是决不会把古琴送与别人。"

“欧阳先生，不要把话说得那么绝嘛，我们会出高价……你就说个价码吧。”

欧阳鸿一拍桌子站起来：“我欧阳鸿虽然清贫，但有古琴陪伴着我，就其乐无穷，告诉你，这古琴是无价的！”

“啊呀呀，欧阳先生，真是清高啊，可我们公子也风流倜傥呀！”

“哼！一些公子哥儿们假作斯文，搜罗些珍玩当摆设，好东西也让他们糟践了。好了，话已讲清楚了，请回吧。”欧阳鸿毫不客气地伸出右手指向门外。

“你，你大胆……”阿丁蹦跳起来，大声吼叫，“我们公子想要的东西，没有得不到的，你还是放聪明些，否则……”

欧阳鸿冷笑一声：“否则怎样，你们这些口口声声要为百姓造福的官府大人，难道还能明目张胆地来抢夺吗？”

阿丁气得直跺脚，他龇着黄牙，气急败坏地叫道：“老东西，你等着，我们自有办法！”说罢，展开扇子气呼呼地走了出去。

阿丁一走，欧阳鸿就连声咳嗽起来，全身没有力气，他歪倒在床边。欧阳鸿清楚，阿丁他们是不会罢休的，可是这里的老朋友早已离开了茂里，他举目无亲，破天太小，小武离得太远……啊，欧阳鸿深深地叹出一口气，也只有自己多加提防吧，但愿能够闯过这一关。

欧阳鸿咳嗽越来越厉害，破天请了药店里坐诊的老中医开了几服药，晚上店堂关门后，他亲自在炉火上为先生熬药，待药熬好便送去让先生服下。

欧阳鸿头脑昏沉，连连咳嗽，他早早就上了床。蒙眬之中，欧阳鸿忽然听到房里有响动，他立刻惊醒了，打开灯来，只见窗户大开，却不见什么动静，他正自疑惑，忽然从地上蹿起来一个人直奔过来，抱起桌上的琴盒拉开房门。欧阳鸿一掀被子跳下床，扑过去抱住那人的一条腿，大声喊道：“捉贼，捉贼啊！”

那毛贼慌张起来，见自己的大腿被紧紧地抱住，就扬起琴盒砸去，欧阳鸿被打倒在地，那毛贼拔出腿，狠命地朝着欧阳鸿的胸口重重地连踩两脚，逃出门去。

破天捧着用厚布包裹着滚烫的药罐走来，这是他刚为先生细煎慢熬的汤药。他走到木栅栏边时就听到“捉贼”的喊声，先生房里的灯亮着，只见一个人抱着一个东西从房里跑出来。破天知道出事了，他心头扑扑直跳，闪在了一边思索着如何去应付。这时那人已奔到了他身边，破天突然打开瓦罐盖，双手抬起，奋力地向那人泼去，滚烫的汤药，泼洒在毛贼的脸上，他痛得“哇哇”乱叫，扔下了琴盒用两只衣袖擦着脸，破天忙放下瓦罐，过来抱起了琴盒向先生房子跑去。这时附近几户家的灯也亮起来，有几个手拿木棒，嘴里喊着“捉贼”的人跑出来，那毛贼顾不得脸上疼痛，擦了擦双眼就夺路而逃。

破天进了门，只见欧阳鸿躺在地上呻吟，嘴边流出殷红的鲜血。

破天慌忙放下琴盒，上前扶起欧阳鸿，他哭声连连地叫着：“先生，先生！”

欧阳鸿微微睁开眼：“破天，你来了。”

“先生，你怎么啦？”

欧阳鸿眼里满是泪水：“我的琴……”说着就失声痛哭起来。

“先生，先生，不要难过。”破天去抱起琴盒放在欧阳鸿的怀中，“先生，你看！”

欧阳鸿止住了哭声，擦擦双眼，然后紧紧抱住琴盒，一行眼泪又滚落下来。

“先生，我扶你上床。”破天把欧阳鸿扶上床，又用热水为先生擦擦脸，揩去了嘴边的血迹，“先生，我今天陪着你，你放心吧。”

一连几天，破天日夜守在欧阳鸿的身边，又请来了老中医给欧阳鸿诊脉开药，再去店里抓药煎药。可是欧阳鸿的病情没有一点好转，他咳声不断，胸口疼痛难忍，晚上也难以入睡，破天熬的稀粥他吃得也很少。欧阳鸿感觉到自己越来越虚弱，身体好像悬浮在半空中，好容易闭上了眼睛，眼前就出现各种惊恐的幻象，胸口一直剧痛，像被大石板重重地压着透不过来气。欧阳鸿心中自知来日不多，他深深地哀叹出一声，拍拍身边的破天：“破天，速速请人传信，让小武快来！”

邵小武接到传信，就赶到了欧阳鸿的身边，见先生骨瘦如柴，喘息困难，紧闭着双眼斜靠在床上。小武扑到床前，连声喊道："先生，先生，小武来了。"

欧阳鸿强睁开眼，见小武伏在床前，顿时像是有一些精神，他拉着小武的手："小武，你来了，来得好。"

"先生，你要保重啊。"邵小武满含热泪，双手抚着欧阳鸿那瘦骨嶙峋的手。

欧阳鸿微微摇摇头："小武，起来，把凳子端过来坐下。"

破天过来帮着欧阳鸿把身体后面的枕头支好。欧阳鸿轻声地咳出两声，眼里有了一丝光彩，他看着面前端坐着的邵小武："小武啊，先生托你一件事。"

"先生，请讲。"小武意识到先生是有重要的嘱托，把身体挺得更直。

"小武，破天是个有出息的好孩子，如果得到很好的教育，他是有前途的。可是……他现在还小，先生不放心……小武啊，先生要你陪着他去金港，到金港的音乐学校找我的表妹苏兰馨，把破天托付于她，她会尽力的。"说到这里，欧阳鸿无限感慨地舒出一口气。

"先生，我答应你，请你放心，破天是我的兄弟，我一定好好护着破天。"

欧阳鸿从枕头下面拿出一封信："小武，这是写给我表妹的信，她看了信，一切都会明白。"

邵小武接过信，郑重地放进口袋，见欧阳鸿向着破天招手，小武忙站起身。破天在凳子上坐下，欧阳鸿摸摸破天的头，又抚抚破天的肩："破天，去把琴拿来。"

破天过去打开琴盒解了琴袋，双手捧起古琴，把琴递给欧阳鸿。

欧阳鸿挺起身，无限深情地拨出几个散音，手不停地抚摸着琴上的岳山、承露、冠角和龙龈，又在七条弦上来来回回地抚了又抚，摸了又摸，这才抬起头来："破天啊，先生以前曾想过，如果我走到了人生的尽头，一定要带上我的这张'龙琴'，让我们生生死死在一起。"说到这里欧阳鸿低下了头，停了好一会，他突然仰起头，眼里射出了神采，"可是，可是现在先生想明白了，先生把这张琴传给你，传给我的破天，让它响出更美更亮的琴音。破天，你要好好守护它啊!"欧阳鸿高高托起古琴，放在破天的双手上。

破天接过古琴，心中如同翻江倒海一般，失声地痛哭起来。

"不要哭，破天，不要哭。先生一辈子坎坷，独守孤寂清贫，你和小武是我的亲人，先生会保佑你们的。"说到这里，欧阳鸿又拉住床边小武的手，"小武啊，这张琴是件宝物，你们要好生保护，多多提防。把破天顺利地送到金港，找到苏兰馨。"

"先生，你放心，小武一定尽心尽力地去做。"小武铿锵的话语像发出的誓言。

"破天，"欧阳鸿的声音低落了，"你知道我为什么来茂里吗?

我这张琴人称为‘龙琴’，还有一张‘凤琴’，它们是一对孪生子，因为我听说‘凤琴’流落在茂里一带……”欧阳鸿连声咳嗽又喘息不止。

“先生，您慢慢说，慢慢说。”破天用手抚摸着欧阳鸿的胸口。

“可是一直没能寻到‘凤琴’，我的心不甘呀。破天，以后你多留意，若要寻到了‘凤琴’，要好好守护这两张琴，让宝琴在一起龙飞凤舞，高歌鸣唱，我多想听到啊！还有……”欧阳鸿的声音越说越低，“没有看到《三山琴谱》的刻本……遗憾啊……”

破天听着先生的话语，泪水滚滚而下，打湿了衣襟。

欧阳鸿交代了这一切，如释重负地瘫软下去，突然呛出一阵猛烈的咳嗽，刹那间，欧阳鸿觉得胸口被堵实了一般，他扭动着身体，双手紧紧地按在胸前，一股鲜血从口中喷溅出来。破天和小武都慌了神，破天放下古琴，小武拿来脸盆毛巾，欧阳鸿口中不断漫出鲜血，毛巾染红了，床单上满是血迹。欧阳鸿气息奄奄，他忽然睁大双眼，一手拉住破天，一手拉着小武，只微微抖动了一下，就歪倒在床上，再没有醒过来。

四　绝地栖身

破天和小武拿出了所有的积蓄，又有中药铺的掌柜和黄师傅的帮助，学生家长中也有不少出钱出力的，欧阳鸿的后事才妥善地办了。

欧阳鸿葬在茂里的来凤山上，墓冢坐北朝南，四周是青翠的竹林，南面就是宽阔的茂里河。破天摸着先生的墓碑，看着这风景如画又幽静的地方，心里祝祷着："先生，您安息吧。"

办完了欧阳先生的后事，邵小武立刻想到先生临终的嘱托，更觉得自己身负着重任，他催促破天早去金港。破天收拾好行囊，告别了黄师傅和中药铺的诸位，同邵小武来到去金港的码头。

到了码头才知道去金港的轮船正在修理，要停航半个多月，现在想去金港，只有乘坐木船经过三叉河去到大江边上的旺林县，才能乘上去金港的轮船。小武同破天商议后，决定乘木船去大江边。

木船上的乘客很多，小武和破天因为来得早，在船尾处找到了座位。上船的人越来越多，后来的人连站脚的地方都没有了，旅客们又个个都是肩背手提着大包小包，船上十分拥挤，叫声、骂声、争吵声乱成一团，船主赶快撤去跳板，起锚扬帆。

虽然是盛夏，船一行动起来，河面就有阵阵凉风。破天紧抱着琴盒望着远方，他看到苍翠的来凤山，看到了山上的一片竹林，默默地念道："先生，我们走了。"

船顺风顺水地行了个把时辰，天空中的云朵从四面八方聚拢来，不多时太阳就淹没在云层里了，湛蓝的天空也一点点地被吞灭，白色的云又渐渐地灰暗下去。风大起来，河中的浪花飞溅，刹那间，乌云在头顶上翻滚，风势越来越猛，木船在江中左右摇晃。天空中响起了炸雷，闪电划破了乌云在空中游走，木船上人人惊恐，哭喊声响成一片。船主赶忙收起风帆，还没等风帆收好，倾盆大雨就从天上泼下来，一股巨浪高高掀起，把木船推上去又卷下来，接踵而来是更高的浪头，把木船抛到了半空，在空中翻转后直栽下去，船上的人全扎在河水里。说时迟那时快，邵小武抢到了船尾的一块木板，他紧拉住破天，两人死死地抱住木板。小武会些水性，他手推着木板，双脚打着水，在风雨中拼命朝岸边游去，到了岸边，小武扶着破天上了岸，两人直奔岸上不远处一所破败无人的小屋去躲风雨。破天因为在河里呛了两口水，此时又惊又怕，喘息不止，小武为他抹去了头上脸上的水滴，他心里才平定了些。

突然，破天惊叫起来："哎呀，琴呢，我的琴呢！"

破天这一声喊叫，小武也慌张起来，他望着滚滚的河水，狠劲地捶着自己的脑袋，痛哭失声：“我对不起先生，没保护好先生的琴，该死，真该死……”

破天冲出小屋，向着河边跑去，小武跨着大步赶上，连拖带拽地把破天拉了回来，破天紧紧抱住小武，两人放声大哭。

他们哭一阵“琴啊”，又哭一阵“先生”，也不知哭了多少时候，两个都累倒在地上。

小武猛地坐起来，解开了肩上的小包袱，打开包袱，在一件衣服的口袋里掏出一个小小的茶叶筒，从中拿出了先生写的信，茶叶筒的密封性很好，信纸一点都没湿，小武的心才放下了。

小武把包袱里几件湿了的衣服放在干土地上晾着，等衣服干了些，又把那装信的茶叶筒放在衣服口袋里，再把几件衣服叠整齐，重新把包袱系好。

“破天，我们还是要去金港呀。”小武扶起破天。

“我的琴，我的琴飘到哪里去了哇！”破天又哭起来，“小武哥，我要去找我的琴。”

小武没有吭声，他望着波涛汹涌的河水，望着河面上沉下去的木船和远远的一片漂浮物，想着：“破天安全就是不幸中的大幸，否则还有何脸面再去先生的墓前？先生的琴，我一定会找回来。”

小武把破天搂在怀中：“破天，先生的琴以后会找回来，我们不能忘记了先生的话，我要送你去金港。”

破天抹抹眼泪："小武哥，破天听你的，我们去金港。"

破天来到金港，只见大街上人头攒动，三轮车、黄包车川流不息，电车响着铃声奔驰而过，电杆上不时亮出几朵火花。大街两旁是接连不断的高楼大厦，人行道上来来去去地走着红红绿绿的男男女女。破天的眼睛都看花了，这街景是他连想都想象不出的。破天正看得入神，只见对面有两个皮肤特别白，头发金黄，眼睛碧蓝的男孩，嘴里嚷着听不懂的话，钻进像乌龟壳似的黑色汽车，汽车后面一冒烟车就开走了。

破天和小武兴冲冲地去找音乐学校，他们接连地问路，也不知转了多少条街，才来到了音乐学校的门前。小武整整身上又脏又皱的衣服，拿出早就从包袱中掏出来的那封信，恭恭敬敬地走向门房："请问大叔，我来找一个人。"

"找谁?"

"一个姓苏的女老师。"小武怕别人听不懂自己的话，说得很慢。

"女的，姓苏?"门房听了皱了皱眉头，"没有啊，我们学校没有这个人。"

"有的，有的。"小武急了，把手中的信递上去，"就在你们这里。"

门房苦笑出一声："我天天都在这里，学校里的老师我全认识，确实没有此人。”

小武像被一桶凉水从头淋下，他直愣愣地立在那里，半天没动。

“小兄弟，你可以再去别处问问。”门房看着小武失落的模样，有些同情。

破天拉起小武的手不停地摆动，声音里带着哭腔：“小武哥，我们怎么办啊？”

小武回过神来，看看身边的小破天，猛想到现在这千斤重担只有靠自己担了，先生对破天抱着很大希望，不能辜负先生，破天是个好孩子，是自己的好兄弟，自己哪怕受尽煎熬，也要让破天有个安身之处。小武向破天咧咧嘴：“破天，别着急，这金港太大了，也许还有别的音乐学校，我们慢慢打听。”

破天拖着脚步，牵着小武的衣角在街上缓缓走着，他们没有目的地转过一条街，又拐进另一条街。小武抬头看看天空，暗自着急，今晚怎么过呀？自己倒不要紧，可不能让破天露宿在街头啊。

破天实在走不动路了，就在一幢高楼下面的台阶上坐下，小武知道破天又饿又累，还是早上吃了碗稀饭，现在已是下午了，他摸摸口袋里仅能买两个馒头的一张纸币：“破天，你在这里休息休息，我到前面买馒头。”

小武走过了数十家店，正要掏出钱去买馒头，猛听得街道两边发出阵阵惊叫，大街上顿时一片喧哗。小武抬起头，只见一匹釉黄白蹄的高头大马正在大街上狂奔而来，一位中年妇女已经走到了马路中间，见躲闪不及，便惊叫一声昏倒在马路的中央。小武没有多想，纵身一跃攀上了路旁那高高的花台，见奔马已到了自己的身下，他纵身一跳，不偏不倚稳稳地落在马背上，同一时间，他用右脚挑起了马韁绳。邵小武死死地拉紧缰绳，整个身体向后倒去。那匹烈马扬起前蹄在半空中嘶鸣，不断地摆动着头，马头和马背上的鬃毛都直竖起来。小武满头大汗，他使出所有的力量紧绷着缰绳。那烈马挣扎了多时，长长地喷出一口气，终于放下前蹄低下了头。

这时一辆小汽车开过来，走下一个中国人和一个身材魁梧的红鼻头洋人。那个中国人从小武手中接过缰绳，口中发出一串声响，把马牵到一边，红鼻头洋人向着跳下马的小武点点头，怪声怪气地说着中国话："你很勇敢，谢谢。"

洋人又上下仔细地打量了一番邵小武，从西装里掏出一张精致的名片递过去，小武不知是什么，只见上面满是洋文，只认识"金港跑马场　大卫"这几个中国字，便把名片放进了口袋。

马牵走了，汽车也开走了，小武这才想起那被吓晕倒的妇女，他忙来到那女人的身边，轻声地叫着："阿姨，阿姨，醒醒。"

那女人慢慢睁开了双眼，吃惊地向四周看看，不见那奔马，她才放下心来。小武扶起那女人，走到人行道上，那女人面色苍白，扶着一棵大树喘着气。

街道两旁聚结的人渐渐散去，一位老人指着小武对那女人说：

“是他救了你，不然你就没命了！”

“咳咳……啊。”那女人还喘息未定。

“阿姨，我送你回家吧。”小武说得很诚恳。

那女人这才抬起头仔细地看了看小武，见面前这青年身体健壮，端正的五官上显出朴实和忠厚，又闪现着英气。她感慨起来：“小兄弟，你救了我一命，我怎么感谢你呀？”

“没什么，阿姨。”小武说着话想起了破天，心中有些着急。

那女人认定了小武是个好小伙，这时她又一阵眩晕，忙扶着小武的肩：“小兄弟，那麻烦你送我回去，我家不远。”

“好，好，阿姨……我还有个兄弟在前面等我。”小武向着破天那边指了指。

“啊，我们一道去，我家也就在那个方向。”

破天在石阶上捧着头突发出奇想，啊，要是在这里见到雯姐就好了，她不是在金港吗？也许就在这条街上呢……破天想着想着咧开了嘴，远远看见小武哥扶着一个人走来，破天忙跑上去，见小武哥扶着的是个女人，再一看，破天就高举起双手狂呼着扑到那个女人的怀中，痛哭流涕：“妈妈，妈妈，我找到你了！”

那女人十分诧异，她摸着破天的头：“孩子，别哭，你认错人了吧？”

破天抬起泪眼，使劲地摇着头：“妈妈，我是破天，你不认识我了？”

“破天？”那女人看看破天，觉得这孩子很可爱，便有了几分亲近感，“我不是你妈妈，你好好看看。”

破天擦擦眼泪，又仔细地看看那女人，她高高的个子，衣服很光鲜，妈妈穿上新衣服就是这样好看。破天又紧紧抱住那女人：“你是我妈妈，你就是我妈妈。”

这女人微笑着摇摇头，她心里暗暗吃惊，难道天底下真有这么相像的人吗？“破天，我真的不是你妈妈，我叫周桂贞。”

破天渐渐松开了手，眼睛紧盯着周桂贞，心里还疑惑不定。

小武接上了话：“阿姨，我叫邵小武，和我兄弟破天从外地来金港找一位老师，可是没找到……”小武说到这里紧锁起双眉。

周桂贞心里清楚，这是两个无家可归的孩子，又是两个十分可爱的好孩子，小武救了自己的命，此时自己该帮他们一把呀，想到这里，周桂贞亲热地拉住破天的手：“小武，破天，阿姨头还很晕，你们送我回家吧。”

进了一个里弄，从一扇门进去，上到三楼到了周桂贞的家。小武见这里既整洁又宽敞，桌椅橱柜的式样都不同于老式家具，油漆得十分光亮，沙发间的茶几上还放着一盆鲜花。

“坐，快坐，小武，破天，我去弄饭，你们就在我家吃晚饭。”

“阿姨……”小武本想推辞，可是身上没有钱到哪里去弄吃的，饿坏了破天就是自己的责任，怎么对得起先生？

周桂贞看着小武的脸色，露出和蔼的笑容：“你们也是和我有缘，小武，今天不遇到你，我哪能平安地回家呀？阿姨是个实在的人，是真心想留你们吃顿饭，菜都是现成的，一会儿就吃饭。”说完便匆匆进了厨房。

邵小武没有再说话，只是低着头盯着前面的地板，想着眼下这艰难的处境。破天的肚子里像全空了，饿得他都有些头晕目眩了。

“妈妈，我回来了。”房门打开来，走进来一个穿花裙子的小姑娘，小姑娘眉清目秀，发辫在头上挽起了双鬟。小姑娘还要张嘴嚷嚷，突然发现客厅里坐着一大一小的两个男孩，虽是有些土气，却长得都很好。女孩放下手中的书正欲跑向厨房，周桂贞端着一盆菜走出来。

周桂贞见女儿一脸的疑惑，便放下菜盆，拉着女儿向着小武和破天介绍：“这是我女儿彩彩。”

小武和破天忙站起身来，周桂贞指着小武向彩彩说：“这是小武哥哥，今天妈妈在街上撞上了惊马，是他救了我，不然妈妈就被马踩伤了，踩死了，你就见不到妈妈了。”

“啊，真的！”彩彩惊叫出一声，立即向小武鞠了一躬，“谢谢，谢谢小武哥哥。”

小武乐了，脸也红了。周桂贞又指指破天：“他叫破天，比你还小一点，也是个好孩子。”

彩彩向着破天抿抿嘴，她很奇怪，来到他家的这两个陌生人虽然是第一次见到，却怎么对他们就有一种很好的感觉，仿佛和他们已经认识很久了。

周桂贞看到女儿的表情，也很高兴："彩彩，领着小武和破天去洗洗手，然后来吃饭。"

吃完晚饭，小武帮着收拾桌子，他心里担心着周桂贞能不能留他们在家里过夜，要是她不说可就麻烦了，破天还小，要是露宿外面受了凉，生起病可怎么好。

彩彩帮着妈妈洗碗，周桂贞说出了小武和破天的遭遇，彩彩边听边思索，一个碗洗了半天还没洗好。她自言自语起来："小武哥和破天真可怜。"

"是啊，两个可怜的孩子，这么好的孩子要是有父母为他们遮风挡雨，也不会流浪在外呀。"周桂贞情不自禁地落下眼泪。

彩彩忽然放下了洗好的碗，把手上的水一甩拉住了周桂贞，"妈妈，妈妈，把小武哥哥和破天留下吧。"

周桂贞十分吃惊："把他们留下？"

彩彩把周桂贞扶在凳子上坐下："妈妈，我们家常年只有我们两个，爸爸在海外难得回来，每天我放学回来，家里都是空荡荡的，要是能把小武哥哥和破天留下，家里人多就热闹了，家里有些事小武哥哥也能帮妈妈去做，多好呢。妈妈，你说好吗？"

周桂贞拍拍彩彩："要说过日子，多了他们两个，开销也没什么问题，你爸爸每年带回来的钱够我们用，只是……"

"妈妈，破天要是留下来，以后我同他一道去上学，又一同放学回家，多好哇！妈妈，我一直觉得好孤单，羡慕别人家有兄弟姐妹。”彩彩说着说着眼神就暗淡下去。

“啊！”周桂贞还从没有发觉女儿心中有这样的委屈，她握住了彩彩的手：“我女儿说得对，妈把他们留下，但是……还要听听他们的想法呀。”

彩彩高兴得跳起来，立刻把碗筷全洗好，挽着周桂贞来到客厅。

小武正忧虑着，见周桂贞和彩彩来了，耷拉着头站起来。

“坐，小武，坐下。你和破天等会去洗个澡，我找几件衣服给你们换上，今天晚上你们就在客房里睡，好吗？”

小武抬起了头，心中的一块石头落了地，今晚有地方睡了，明天再说明天的话吧，他站直了身体：“谢谢阿姨，谢谢阿姨。”

周桂贞看看小武又看看破天：“小武啊，你们要是暂时没有投奔的地方，就住在我这里，我丈夫常年不在家，我一个人要忙里忙外，你们要是留下来，也是我的好帮手。”

小武听了这话真是喜出望外，可一转念，这是长久之计吗？小武原以为来到金港找到苏老师，把破天托付于她，自己就可以回紫霞宫了，可是现在情况完全变了，自己不能把破天一个人丢在金港呀，不能忘了自己向先生保证的话，要守着破天，护着破天。如果破天能留在这里，能去上学读书，那就是最好不过的事了。可自己不能留在这里，金港这么大，难道还没有自己挣口饭吃的地方吗？

为了破天，也要留在金港闯一闯。于是便说道：“阿姨，破天要能留在你这里安定下来，我就感谢不尽了，我年轻力壮，想去外面找点事做。”

“你想干什么呢？”

“什么活我都能干，我有的是力气。”

周桂贞望着小武点点头，撩起耳鬓的头发想了想：“前面有个三轮车行，我常坐车认识几个师傅，我去同他们说说，你看行吗？”

“行，行，蹬车我可以下功夫去学，谢谢阿姨！”

“好，那就这样定了。”周桂贞见女儿满脸的高兴，就拉过来破天，“破天，我虽不是你妈妈，可我喜欢你，我会像妈妈一样爱你的，以后这里就是你的家了。”

“阿姨……”小武欲言又止。

“小武，还有事吗？”

“阿姨，破天能不能去上学？”

“哎哟，看我把这件大事忘了说，破天是一定要去上学的，我明天就去联系学校。”

彩彩一高兴，把一罐奶油糖果全倒出来，抓了两大把塞到小武和破天的手里。

破天通过考试进入了“文萃中学”，这是金港一座有名的老学校，彩彩也被这个学校录取了，他们同一年级不在一个班上。每天彩彩和破天一同去上学，又一同放学回家，学校离家不远，他们在上学、放学的路上说着话唱着歌，两人都非常高兴。

小武住在三轮车行，很快就学会了蹬车，也渐渐地熟悉了金港的大街小巷。小武同车行的师傅们相处得很好，谁家有事，小武都是热心去相助，小武一心想在金港立住脚，为的就是找到苏老师，帮助破天完成学业。

“文萃中学”教音乐课的许文聪老师，又细又高的个头，窄窄的肩，手臂好像特别长，他教课很认真，可学生们都不怕他，背地里还给他取了个绰号，叫他“大螳螂”。许文聪老师很喜欢破天，音乐课上很少有像破天这么认真听课的学生，破天的嗓音又高又亮，唱出歌来十分动听，老师教的新歌，他立刻就能唱得完全准确。

破天这天来到了音乐教室找许老师，却在最里面的一排柜子里发现了一张积满灰尘的古琴，破天看到古琴觉得好亲切，就上前左看看右看看，终于忍不住了，伸手要去拿出古琴，这时许文聪进来了。

“破天同学，你要做什么?”

“我……我想看看这张古琴。”

“古琴，你认识这是古琴?”许文聪十分诧异。

“我认识，我还能弹奏呢。”破天很自信地说着。

“哦?”许文聪更惊奇了，“好，那你就弹几个音出来让我听听。”

许文聪拿出了满是灰尘的古琴，这琴放在这里也不知多少时候了，从没有人来碰触过它。许文聪找来两块干净的布，上上下下、里里外外地擦了一遍又一遍，然后把琴放在一张桌子上：“好了，破天，试试吧。”

破天坐稳在桌前，端详着眼前这张很是普通的琴，可他心里却难以平静，多少天没有触摸琴弦了，他激动地抚摸着琴面。破天熟练地调好琴弦的音高，挑出了几个散音，抚出了几个泛音，然后静静地端坐了一会，吸进一口气便缓缓抬起双手，一曲《秋风词》韵味深长地奏出来。破天的指法娴熟，弹拨有力，乐曲时轻时重时缓时急，把一幅秋风萧瑟的景象描绘得如在眼前。

许文聪兴奋地摆动着长臂，这是一个学生弹出的吗？这是一个普通孩子奏出的琴声吗？今天要不是自己亲眼所见，许文聪是决不会相信有这样事的。

“老师，我弹得不好。”破天觉得两手僵硬了许多，有几处都没弹准确，琴曲结束了，他低着头慢慢站起来。

“很好，很好，你弹得真的很好呀。”许老师高兴得不停地晃动着细长的身体，又连连甩动着双手，“破天呀，你一定学琴很久了吧？不能中断啊。好，从明天起，你每天下午都可以到这里来弹琴，我再去找些琴谱，我们学校好像收藏过不少的古琴谱。”

“谢谢许老师！”破天高兴起来，他真想跑上去拥抱许文聪。

破天已经熟悉了金港，也熟悉了学校，在家里同周桂贞相处得很好，就是有时候在恍惚中还是把周桂贞当成了妈妈。周桂贞看着彩彩和破天和睦相处，觉得自己家里有了生气，有了欢乐，小武常来帮助周桂贞干些力气活，还把外面的好多新鲜事讲给他们听，有时逗得大家十分开心。前些时候彩彩的爸爸金大用回家来，周桂贞只告诉他，说破天是家乡的亲戚来金港读书，她不想同丈夫说得太详细，丈夫在家也只待了一个晚上就又匆匆地走了。

破天每天下午都到音乐教室去弹琴，许文聪找来了几本破旧的古琴谱，破天视如珍宝。破天弹起琴就忘了时间，常常抬起头发现外面的街灯亮了，才慌忙用布盖好古琴，收拾好琴谱赶回家。

破天正专心致志地弹着琴曲《阳关三叠》，他反复在练习，以右手中指和食指勾挑并作的“撮音”。外面的走廊上有几个人已经站立很久了，其中就有许文聪，破天一直没有发觉，直到他长吁一口气后站起身来，才发现外面有人，破天赶忙跑出去：“许老师。”

许文聪向破天指指身旁的一个女的：“这是音乐专科学校的兰老师。”

“兰老师好。”破天恭敬地鞠了一躬，抬起头来，只见这位兰老师中等身材，一头卷烫的头发，藏青色呢大衣里系着一条十分鲜艳的丝巾，眼镜的镜框又宽又大，整个人显得非常庄重又优雅。

“叫什么名字？”兰老师的声音很好听。

“破天。”破天眨动睫毛扇着鼻翼。

兰老师看着眼前的破天文静又大方，眼里闪着灵气，举止言行都不俗，兰老师不由得上前扶着破天的双肩："你父母在金港做什么事?"

破天立刻低下头，半天才轻声说出："我……我不知父母在哪里。"

兰老师的心里抽动了一下，哦！破天是个没有父母的孩子，是与父母走失了，还是被父母遗弃？不对，这么好的孩子如同珍宝，哪个父母忍心丢弃呀！兰老师把破天拉近了些，觉得破天身上有股力量直向她袭来，使她很想亲近亲近破天："破天，你现在住在哪里?"

"住在阿姨家，阿姨对我很好，我还有个小武哥哥，是他陪着我来金港的。"

许文聪走过来："今天兰老师到我们学校来看看，好了，破天，你去弹琴吧。"

"老师再见!"破天向着老师鞠躬，转身回音乐教室。

这兰老师不是别人，就是破天来金港要投奔的，也是邵小武还在四方打听的苏兰馨。当年苏兰馨一气之下离开家乡后，不知是恨还是爱，还是又恨又爱的缘故，她毅然删掉了苏姓，易名为兰馨，金港人都称她为兰老师，而不知她本姓苏。

欧阳鸿的父母为欧阳鸿强订下亲事，自那天起苏兰馨就发誓要斩断同表兄的孽缘。她离开家乡来到金港求学，把全部的精力和时间都放在学业上，刻苦努力地学习音乐，渐渐医治了她心头的创伤，音乐使苏兰馨的生活充实了，给了她无穷的乐趣，更使她懂得了人生的价值。在金港，苏兰馨同一位建筑设计方面的专家郁崇美结婚了，婚后不久就有了女儿美兰。

郁崇美在国外留学多年，后来一直活跃在欧美各国。郁崇美不光在自己的专业上有着非凡的业绩，这些年来他一直留意着中国流失在海外的文物，他曾设法用重金购回了几件珍宝，他觉得老祖宗留下来的好东西应该回到自己的国家，为自己的民族历史增光添彩，让后代了解古老的中华文明。郁崇美把从国外寻得的文物无偿地献给了金港博物馆。

郁崇美为了能常和家人在一起，提出举家迁居国外。苏兰馨并没有在国外定居的打算，但却想走出国门看看外面的世界，更想了解国外有关音乐教育方面的状况，吸取国外在音乐人才培养上的经验。

苏兰馨走访了很多国家之后，更觉得自己的肩上负有神圣的重任，音乐事业的发展需要后继有人，要使传统音乐发扬光大，首先要培养出大批的音乐人才。苏兰馨热血沸腾，她要立刻飞回到中国，飞回到金港，回到她的教学课堂上。

苏兰馨的心愿和志向，郁崇美非常了解："兰馨，回中国吧，你做得对！"

苏兰馨热泪滚滚："崇美，我不忍心……我还是放弃我的计划吧。”

“不，兰馨，我理解你，也赞同你的计划。留在了海外，你会很痛苦，回去吧，中国需要你。”

苏兰馨扑在郁崇美的怀中，两个人的心贴得更近了。

苏兰馨回到金港，连夜理出了音乐教育的发展方向和具体计划，写成文字后便一一呈送给音专校长和教育管理部门。很快就有了佳音，校长委托苏兰馨立刻去做寻觅人才的招生工作。

苏兰馨看中的第一个学生就是破天，她考虑到破天的身世和家境，向校方申请减免了破天入学的部分费用，并请许文聪去同破天的家人谈谈具体问题。

破天听说自己能进音乐专科学校，真是喜从天降，欧阳先生要自己来金港，不就是想自己能跨进音乐学校吗？有这样好的机会，决不能放过。破天欢喜若狂地去把好消息告诉了邵小武。许文聪老师要破天的家长下午到学校商谈事情，邵小武就早早地歇了车，换上一身干净的衣服，走进了文萃中学。

许文聪打量着眼前这个壮实憨厚的青年：“你是破天的什么人？”

“破天是我亲兄弟。”

“破天被音专录取了，你们家有什么意见吗？”

“没意见，没意见，这是个天大的好事，也是我们一直期望的事。”小武说这话时想到了欧阳先生。

“可是几年的学费不少，音专已经为破天减免了一些，你们看……”

“没问题，破天上学需要多少钱都包在我身上，我是他哥哥，亲哥哥。”小武爽朗地笑着。

“那就好，你们回去准备准备，到时候送破天入学吧。”

小武刚走出办公室，就被破天一把拖住，小武同许老师的谈话破天在门外听得一清二楚。

“小武哥，上音专要交很多钱，我……我还是不去了吧。”

“胡说！”邵小武还从没有对破天这么大声说话，“你忘了我们为什么千辛万苦地来金港，你忘了先生临终的遗言了？”

“我没忘，小武哥，你别生气，我是怕交不出那么多钱。”

“破天，”邵小武平静下来，手抚着破天的肩头，深情地说道，“哥哥时时处处都是为着你，兄弟，放心去音专吧，要钱，我每天就多跑几趟车。”

“哥……”破天抱住小武，“我去音专，一定好好学，为先生争光，为你争气。”

“好兄弟，只要你求上进，哥哥再苦再累都值得。”小武说到这里，又拉了破天一把，“破天，去音专交钱的事，不要同阿姨说，阿姨与我们萍水相逢，这么久来，对我们都是亲如家人，不能让她再费心了。”

“知道。”破天不住地点着头。

五　春光初泻

江岸的码头上聚集着黑压压的人群，一艘巨大的客轮从远方慢慢驶来，渐渐地靠稳了泵船。

铁栏杆外面那些迎接亲朋好友的人群骚动起来，一个身材修长的男青年兴奋地往前挤去，跟在他身后的是个扎着两条短辫，一身白衣黑裙的姑娘。

从舷梯上走下长长的旅客队伍，在一群金发碧眼的洋人和几个全身黑得发亮的非洲人中间，走着两个衣着华丽的中国女人。她们头上戴着白色的宽沿凉帽，年长的体形微胖，穿着一套浅蓝色的套裙，年少的姑娘身材苗条，皮肤白嫩，一件红白相间的连衣裙衬得她更有光彩。两个人手中都拎着皮箱，随着旅客队伍登上了岸。

这是苏兰馨和她的女儿郁美兰。苏兰馨在金港音专执教数年后又去了国外，这次她是专程陪同女儿回中国来度假的。

没等苏兰馨走出栏杆外，那男青年就抢上前一步，一把接过了苏兰馨手中的皮箱："兰老师，路上辛苦了。"

跟在男青年身后的姑娘也凑上前来："兰老师，你好。"

苏兰馨从人流中走出来，她端详着男青年："破天，你又长高了，肩膀也宽了。"

美兰挤到苏兰馨和破天之间，挑起凤眼直盯着破天。

苏兰馨向着美兰："他就是破天。"

破天向美兰点点头："你好。"

苏兰馨又指着那姑娘："这是韩月莹，妈妈常同你提到他们。"

韩月莹嘴角翘上去："你好。"

苏兰馨对破天和韩月莹笑道："这是我的宝贝女儿郁美兰。"

破天这才注意地看了看美兰。这个花蕾初放的女孩，使他感觉到天更高了些，也更是湛蓝。美兰真漂亮，简直像是从银幕上走下来似的。

美兰调皮地晃动着身体，同破天、韩月莹点点头，可视线一直没离开破天。

苏兰馨一行人上了她自己家的黑色小汽车，司机老王把车开进了一幢欧式的别墅。

韩月莹因为有事先回学校了，苏兰馨留住了破天。

苏兰馨同破天在别墅花园里的小径上慢慢走着。

"我真想念中国，想念金港，更想念你和同学们。"苏兰馨连声地感叹，"我坚持保留着金港的这幢房子，就是想常回来住些日子。”

“兰老师，我们都很想念你，特别是在工作学习中遇到了难题的时候。”

“破天，你的情况我了解一些，你工作得很好。可是破天啊，当上了教师应该知道自己肩上的责任，希望你加倍地努力。”

“兰老师，我会努力的。”

“破天，古琴要勤练呀，古琴的意韵深远，不是一朝一夕就能掌握的，静下心来多思考，仔细地揣摩，才能不断有收获。你们还要多向杜先生去请教。”

说到了古琴，破天就兴奋起来：“兰老师，每天我都觉得时间不够用，我和韩月莹都在刻苦地练琴，杜先生年纪大了，虽不在音专任教了，可这些年他教了我们很多，真是感谢啊。”

美兰穿着粉红色的短裙，披着刚洗过又吹干的蓬松长发，飞也似的飘过来：“哎呀，你们在这里呀，我楼上楼下地找了好久。”

苏兰馨因为乘船的时间太长，很是疲惫：“我去冲澡，你们谈谈吧。”

苏兰馨一走，美兰就大方地挽起破天的手臂：“破天先生，啊，不，就叫你破天吧。”美兰嘻嘻地笑着，“破天，你看起来很精神，叫人一见就喜欢。”

破天被美兰挽得很紧，心里有些忐忑，自己虽是个高大的男子汉，可还从没有同一个女性这样亲近地在一起。

美兰望着天上的晚霞，不时地咧开嘴："破天，以前见过你的照片，照片上的你很平常。可是今天看到了你的庐山真面目，哎呀，真是叫人喜爱。"

"哦，哦……"破天不住地点头，美兰身上一股幽香随风袭来，破天不禁深深地吸了口气。

"怪不得妈妈常提到你，夸奖你，说你是个好老师，能作曲，钢琴弹得也好，是个难得的音乐人才。"

破天笑笑："美兰，你喜欢音乐吗？"

"喜欢呀，我从小在寄宿学校就学习钢琴，钢琴太神奇，表现力太丰富了，我经常弹的都是些世界名曲。"

破天看着美兰有些陶醉的神情，问道："你喜欢中国音乐，喜欢古琴曲吗？"

"古琴曲……妈妈常弹古琴，可我没什么兴趣，太单调，太浅薄了。"

破天的头上像挨了一棒，美兰怎么这样评说古琴音乐呢，破天还是想说服美兰："美兰，古琴曲重在表现情绪和意境，它能使人感到音尽而意未尽，这才是品位极高、极有魅力的音乐。"

美兰打断了破天的话："好了好了，我不想同你争论，但我保留我的看法。"

破天望着美兰骄矜又稚气的模样很是可爱，不由得笑起来。

"哎呀，破天，你笑起来真好看。"美兰快乐地拍着手，像个孩子，“这次我来中国真是来对了，破天，有你陪着我度过假期，我会很愉快的。”

“我会抽出时间来陪陪兰老师和你。”

美兰拉起破天，快步走到秋千架下，自己立刻坐上去：“破天，快来推我。”

破天轻轻地推动着秋千架上的绳索，秋千微微动起来。

美兰双手扶着绳索，转过头大声地叫着：“用力推，用力呀！”

秋千荡起来，荡得越来越高，美兰放声大笑，笑得好开心，笑得好自在。破天的兴致也高涨起来，他痴痴地望着飞起来的美兰，十分欣赏半空中美兰的神采和美丽。

美兰玩累了笑够了，秋千也渐渐地平稳下来，美兰还坐在秋千架上：“破天，拉我下来。”

破天拉住美兰的双手一用力，美兰蹦了下来，由于着地未稳，她一头歪倒在了破天的怀里，奇异的幽香沁入破天的肺腑。破天慌忙扶正了美兰，只觉得自己的胸口在“怦怦”直跳，脸上像火烧似的很烫。

破天在古琴上抚出一串泛音，声音清晰明亮，破天满意地扇动着鼻翼。学校虽已放暑假，破天每天早晨还是都来练琴，古琴中潜藏的秘诀太多太深奥了，只有多多弹奏，静心地不断思索，才能获得一点点的进步。他还是常去请教杜先生，现在兰老师又回来了，更可以多问问，还有他的同学韩月莹，他俩常在一起探讨议论，相互切磋，相互鼓励。

破天和韩月莹都是当年苏兰馨发现的人才，一同被招进的音专。两个人又都在杜先生的门下学习古琴，后来又都被音专留下来当教师。韩月莹平时话不多，见人总是抿着嘴笑笑，可是她却是个有主见又明理的女孩子。破天一直把她当作好同学和好朋友，破天若在教学中或在古琴的弹奏上遇到了问题，总愿意同韩月莹去谈谈，很想听听她的意见，韩月莹又总能击中要点，帮他化解了不少疑惑，破天十分赞赏韩月莹广博的学识和敏锐的判断能力。

破天走出琴室，只见韩月莹背靠在粗大的梧桐树上，望着前面的草坪。

"韩月莹，我结束了，你去练琴吧。"破天知道韩月莹来这里有一会了，时间对她很宝贵，破天有些歉疚。

"你刚才弹的《潇湘水云》很有些意境，整个乐曲的段落也更清晰了，你觉得呢？"

"原来你在听我弹琴，不敢当呀。"破天心里非常满意韩月莹的评说，他抬头看看茂密的梧桐树枝叶，像想起了什么，"韩月莹，放假了，你什么时候回家？"

韩月莹眼里露出忧郁："破天，有一件事正想同你商量。"

破天关心起来："什么事？你说。"

韩月莹垂下眼睑："昨天我表姐来找我，说我爸和我妈都希望我回去，希望我回青山县城去教书。”

“回县城去?”破天一听就急起来，“韩月莹，这金港多好，我们音专各方面的条件都是一流的，你别忘了，你想编撰的音乐史是需要大量的资料，还需要多方面人士相助，你怎么能离开金港呢?”

“我知道，可我父母希望我能在他们的身边。父母老了，我们家的经济状况也不好，我……”韩月莹伤感起来。

“哎呀，你还是糊涂哇。”破天不忍见韩月莹难过，忙把话说得温和了，“你想想，你回县城能做的事就有限了，难道你多年的努力都让它白费了。”

韩月莹擦擦眼睛，看着阳光从树上透下来，落在她的黑裙上，她用手轻轻地抹着裙子上的光点。

破天看着韩月莹还想说什么，突然发现一贯稳重开朗的韩月莹，竟还这样的温柔，叫人怜悯。

韩月莹又在裙子上抹了抹，然后眨眨长长的睫毛，瞪大了眼睛:“所以我来同你商量，你看我是留在金港，还是回青山。”

“这……”破天觉得韩月莹今天很是反常，自己已经清楚明白地说出了看法，还要自己讲什么呢。

“你说呀。”韩月莹的眼睛睁得又大又亮。

“好，好，我说。”破天清清嗓子，一字一句说得很慢很有力，“韩月莹，你应该留在音专，留在金港。”

韩月莹想得到的就是这样肯定的回答，她希望听到破天再三的表态，更希望看到破天表明意见时那坚定的态度。韩月莹的脸红了，心在狂跳，她看着满脸诧异的破天，抿紧嘴满意地笑了，她那丰满又匀称的身体优雅地晃动起来。

美兰希望天天见到破天，恨不能时时刻刻都和破天在一起。她自己都奇怪，在国外自己也结交过一些异性朋友，他们也都是十分优秀，可没有一个会让她心神不宁，教她日夜思念。破天真好！比自己想象中的白马王子还完美，美兰口中连连念着破天，甜甜地享受着与破天在一起的分分秒秒。蓦地，美兰却叹出一口气，唉，叫人扫兴的是，只要见到破天，就能看到那个韩月莹在破天的身边，韩月莹话虽不多，美兰能从她的眼神中看穿她的心。怎么办？破天应该只和自己在一起呀！

苏兰馨在书房里支起了许久未弹的古琴，她请来了破天和韩月莹，为一首早就打了谱的琴曲《凝香》再做一番推敲。

这首《凝香》是苏兰馨当年在家乡时，表哥欧阳鸿为她写的，他们在一起弹奏，在一起修修改改。琴曲浸透着他们的情，扬溢出他们的爱，那段时光多美好啊！苏兰馨离开家乡时，她带出最珍贵的东西就是这《凝香》曲谱。

来到金港，特别是成了家有了美兰之后，苏兰馨竭力地要忘掉以前的事，忘掉欧阳鸿。可是昨天在书架里偏偏发现了《凝香》曲谱，往事便像潮水一般顷刻涌来，欧阳鸿的音容笑貌活生生地显现在她的眼前。苏兰馨手捧着琴谱泪流满面，表哥啊，欧阳，你在哪里，你还好吗？表哥啊，你在责怪兰馨狠心，你在记恨我无情，啊，欧阳，刻骨铭心的情感怎么能全忘却，一点水花也能激起滔天的巨浪！

苏兰馨翻看着《凝香》曲谱，感觉到乐曲应该更含蓄更深情些，以寄托自己年轻时代的那真挚的爱，也以此遥慰表哥那颗伤残的心。苏兰馨知道破天和韩月莹这些年来的惊人进步，在古琴方面，他们都有了非凡的见解，所以请来他们为《凝香》再做一番细细的梳理。苏兰馨没有说《凝香》的来龙去脉，只说了自己很喜欢这首琴曲。

苏兰馨在古琴旁待了一会，感觉有些燥热想去换件衣服，也想去沙发上稍歇一会，毕竟自己不年轻了，用脑时间一长就有些头昏脑涨。

破天和韩月莹都是做事极认真的人，苏兰馨离开后，两个人仍在仔细地翻看曲谱，还时时争论不休，破天在琴上试弹出几个乐句，韩月莹立即就提出自己的想法。

破天又弹出几个散音："韩月莹，这一连几个散音，很有些意境。"

"不，我觉得这里改作掐撮三声更好，你试试。"

破天在琴上用了这种技法，果然是另有情趣。破天大笑起来："好，确实不一样，韩老师，你的理解能力真是高，很高！"

韩月莹得意地摆动着短辫，笑盈盈地望着破天。

此时，美兰出现在书房门外，刚才的一幕她看得清清楚楚，美兰心中像被火烤着似的，她瞪起了凤眼，想把心中的火喷出来。突然她发现自己的眼眶里浸满了泪水，她委屈，她想哭，她想放声地哭出来。见破天和韩月莹并没发现她，美兰便急速地跑下楼，擦去了泪水打开钢琴，键盘上响出一串上行、下行嘈杂的音响。美兰胡乱地弹着弹着。停下了手，她奇怪自己为什么要跑，应该在韩月莹的面前展现出自己的魅力，自己的风采，要同破天更加亲热呀，自己真是懦弱，真是幼稚！去找破天，把破天拉出来，把韩月莹一个人甩在那里，让她孤独地哀叹吧。

美兰立刻上了楼，她姿态优雅地靠在书房门边："破天。"

"美兰，你来了，快来坐。"破天热情地站起来。

"不坐，这里没有我的位置。"美兰不屑地看了韩月莹一眼。

"来呀，我把这首《凝香》弹给你听听。"破天走过来。

"没兴趣，古琴曲有什么好听的，节奏缓慢，琴声拖沓。"美兰见破天来到身边，一把握住了破天的手，"破天，我们到楼下弹钢琴，做一次四手联弹的游戏。"

破天被美兰连拖带拽地推搡着，他有些尴尬地回头看看韩月莹。

韩月莹抿抿嘴，眼里还是亮亮的："破天，你去吧，我正好集中思想看看乐曲的结尾部分。"

美兰拉着破天满心欢喜地下了楼，她觉得自己战胜了韩月莹，可是刚才韩月莹是那样从容，那样若无其事，又激起了她的不满，她要看到韩月莹生气，更想看到韩月莹痛苦，最好让她伤心落泪。

周桂贞掏出挂在脖子上的那块玉坠端详着，这是块圆形的玉，中间是用金丝镶嵌上的一朵五瓣小花，周桂贞用双手不停地抚摸着，自她记事起，这块玉就在她的胸前，从没有离开过。周桂贞高兴时就掏出玉来看看，不顺心时摘下玉来对它倾诉着心声，遇到了为难的事情，她摸摸玉心就能定下来，寂寞难挨时她揉着玉焐着玉就睡安稳了。周桂贞嫁给金大用不久，丈夫就出外做生意，后来丈夫把她和彩彩从家乡接出来，安顿在现在家里的三楼上，丈夫又远去海外创业。开始几年金大用还常回来，渐渐地他回家的次数就越来越少了，周桂贞心里清楚，丈夫同她疏远了，就是他偶然回家来，也不是因为自己，而是他想看看彩彩。虽然丈夫每次带回的钱是足够她们母女用的，但是周桂贞心里很苦，她隐隐发觉丈夫在外面不很安分，可周桂贞生性柔弱，不想同丈夫吵闹，她只想守着彩彩，把彩彩好好抚养长大。那年遇上了小武和破天，真是两个好孩子，给周桂贞带来了不少的欣慰，彩彩的性格也开朗了，人情世故也懂多了。小武更是个有情有义的孩子，家里的脏活累活全都是他来干，每逢节日都要送来糕点食品，说是来孝敬自己的。啊！光阴过得真快呀，破天已经当上了老师，彩彩在医科学校毕业，也在益民医院当上了大夫，那可是金港的一家大医院，彩彩真有出息。

想到这里，周桂贞不禁摸摸两鬓，抹抹眼角，孩子们大了，自己也老了，她面对着窗外看得很远。周桂贞还是希望金大用常回家来，即使对她冷淡，也就凑合着过吧，她曾话中有话地劝过丈夫，外面的钱是赚不尽的，知足就好。她也指东指西地暗示过丈夫，赚钱要从正道上取，千万不能为了金钱干下伤天害理的事。周桂贞思来想去，越想越远，越想越乱，她又摸起胸口的玉，一件让她常常想到的事又冒出来，这是她一直不解的，当年破天一见到她时就激动地喊她妈妈，破天这孩子自小就稳重，他绝不会是信口乱说，难道……

邵小武劲头十足地蹬着三轮车，车上坐着金彩彩，小武是特地来接彩彩下班回家的，车上的金彩彩已长成了文静漂亮的大姑娘 。车来到河边，彩彩叫住了小武："小武哥，停停。"

小武回头望着彩彩："怎么了?"

彩彩跳下了车："我们在河边坐一会吧。"

"好。"小武掸掸身上的衣服，跟在彩彩的身后。

彩彩停住了脚，等小武走近时她猛地挽住了小武的手臂，把头靠在小武的肩膀上。邵小武脸涨得通红，心里慌乱起来："彩彩，彩彩，别……"

"小武哥，"彩彩把小武挽得更紧，"你不想同我亲近呀，小武哥，我喜欢你，你不知道吗？”彩彩说着说着心里委屈起来。

“彩彩，我……”小武急得额头上暴出了青筋。

“小武哥，你真的不懂得女孩子的心吗？我早就喜欢你了，你的身影白天黑夜都出现在我的眼前，好几次都想说出来。小武哥，你……你不喜欢我？”

“不，不……”小武更语无伦次了，“我喜欢你，可我配不上你。”

“小武哥！”听了小武的话，彩彩张开双手抱住了小武的腰。

小武和彩彩坐在河边的一张石凳上，小武看着彩彩那白嫩的手，不停地抚着自己的双手：“彩彩，我俩不般配，你是个穿白大褂的大夫，我是个出苦力蹬三轮车的车夫，不配！”

“小武哥，你善良，勇敢，还有一颗侠义的心肠，是个顶天立地的男子汉，这样的人还不令人敬佩，不值得我爱吗？”彩彩紧握住小武的双手。

彩彩的真情使小武感动，彩彩的双手温暖着小武的心，“彩彩，我不能耽误你，你应该找一个更适合你的人。”

“就是你，只有你！”彩彩抱紧了小武，把滚热的双唇紧贴在小武的脸颊上。

邵小武热血沸腾，紧紧抱住彩彩：“好彩彩，小武记着你的一片心，永远守着你。”

郁崇美从海外飞回金港，他是受到邀请参与金港大厦的设计而回来的。今晚他抽出时间在四季青大酒楼订下一个包厢，想同妻子、女儿欢聚一番。苏兰馨同丈夫商量，邀请了破天和韩月莹。

一桌酒菜非常丰盛，郁崇美谈吐潇洒，风度翩翩，同破天和韩月莹谈得很投机。苏兰馨忙着请破天和韩月莹吃菜，为丈夫斟酒，她看着丈夫和女儿，再看看身边两个得意的学生，她今天的心情非常好。破天和韩月莹刚在酒桌前坐下时还有些拘谨，渐渐地他们都被郁崇美那广博的见闻和风趣幽默的话语吸引了，也都放松下来。只有美兰在狂吃狂喝，歇下来时就目不转睛地盯着破天，破天每次同韩月莹说话，或是相对微笑时，美兰都会轻轻哼出一声，然后恶狠狠地瞪一眼韩月莹。

破天和韩月莹站起身，手捧着小酒杯向郁崇美敬酒。韩月莹浅浅地抿了口酒，脸上立时就红了，可眼里却分外明亮，她望着破天笑笑，坐下来。

美兰觉得朝月莹的笑是做给她看的，韩月莹眼里那明亮的光彩也是在闪现给她看的，韩月莹分明是在向她挑战！不行，美兰焦躁不安地搓揉着裙摆，不能沉默了，要反击！

郁崇美举着酒杯过来，回敬破天和韩月莹，韩月莹有些受宠若惊，赶忙起身，由于站立时身体有些不稳，破天忙放下酒杯，伸出一只手扶住了韩月莹。

美兰实在看不下去了，她觉得遍身都在冒火，胸口有股恶气憋得她好难受，她用力地推开面前的碗盏，猛地把筷子重重地拍在桌上。

这一声响惊动了所有的人，美兰眼眶里盈满泪水，径直跑向外面的走廊上。

饭桌上的人都沉默不语了，满桌的菜再没有人动一筷子，只有那架吊扇呼呼的声音更大了。

停了好一会，美兰扭着身体洋洋自得地走回来，脸上透出抑制不住的兴奋，她摇摇摆摆地坐回自己的座位上，端起酒杯里的红酒饮了一大口。

美兰看看在座的人，特别是看韩月莹时，眼里转着异常得意的神色。包厢里没有人说话，美兰心里在窃窃地嬉笑，她知道所有的人都在关注着她。停了好半天，美兰双手按在桌上霍地站直了身体，她胸脯挺得很高，神情严肃地说出话来："爸爸，妈妈，假期快结束了，我有了新的打算，我现在就来宣布。"

美兰见所有人都闭着嘴，脸上都收起了笑容，她非常满意，便一字一句大声地说出来："我决定……我决定留在金港读大学！"说完就手舞足蹈地放声大笑起来。

郁崇美一听就紧张了："美兰，你这玩笑开得太大了吧。"

"美兰，这不是儿戏，不能随口乱说！"苏兰馨不明白女儿怎么会突然冒出这样的话来，她心里乱成一团。

美兰像个胜利者高昂着头，眼光直逼向韩月莹，然后轻快地扭动着身体："我是认真的，爸爸妈妈，你们不是一直要我多熟悉中国，热爱中国吗？我若留在金港读书，这样去了解中国不是更好吗？"

郁崇美过来拉住美兰的手："美兰，这事我们好好商议，不能太轻率了。"

"不，我自己的事我自己决定。"

苏兰馨忍不住了，站起来："美兰，你太任性了！"

美兰却不急不躁，她轻蔑地瞥了韩月莹一眼，然后走向破天，把破天拉起来："破天，帮帮我，帮我说服我爸爸妈妈，让我留在金港吧。我爱中国呀，我爱金港啊！"说完又大笑不止。

周桂贞捏着脖子上的玉，眼睛一直看着窗外发愣。丈夫金大用的行踪好像更神秘了，前两天他托人给彩彩带来了珠宝首饰，他在外面干什么事情能挣到这么多钱呀？丈夫从未说过他在外面的情况，周桂贞也不敢多问。唉，但愿丈夫不要走邪路，但愿他平安吧。周桂贞又蓦然想到了彩彩，这些天，彩彩好像也不同于平常了，文文静静的大姑娘变得话多起来，一回了家就同自己讲个不停，说话时满脸都带着笑，话语中透着丝丝的喜气，想是彩彩在医院里工作很顺心啊，彩彩也二十岁出头了，自己像彩彩这个年龄时已经出嫁了，是呀，彩彩是该谈婚论嫁了，彩彩是自己的希望，是自己的依靠，也不知彩彩会找个什么样的人。周桂贞想到这里，不由地把两手一拍，哎哟，彩彩还要四处找人吗？破天不就是最好的人选呀，他同彩彩从小就在一起学习一起玩耍，好像他们还从没有过争吵，从没有过打闹。如今破天当上了老师，他把自己一直当作亲人，要是彩彩和破天能成一对，那真是我周桂贞修来的好福气！好吧，看有适当的时机，便去试探试探，希望天遂人愿，成全这两个好孩子。

破天推门进屋："阿姨，我回来了。"说着把一篓水果和两大盒阿胶放在桌上。

"哎哟，破天，你怎么还买了阿胶哇？"

"阿姨，我知道你常失眠，有时头晕，这阿胶对你很有好处。"

"破天啊，好孩子，阿姨没白疼你。"

"阿姨，吃完了这两盒，我再给你买。"

"好，好。"周桂贞十分高兴，她仔细地看看破天，越看越合不拢嘴，"破天，你对中医中药也熟悉呀？"

"我只是懂一点，阿姨，你忘了，我在中药铺里待过。"

"啊，对，对，我的破天真能干。"周桂贞又嘻嘻地笑出来。

破天亲热地拉住周桂贞："这两天事多，没回家看你，你还好吧？"

"好，我很好。"周桂贞想探探破天，"看见彩彩了吗？"

还没等破天说上话，房门打开了，彩彩同小武走进来，立即答上了话："彩彩回来了。"

周桂贞喜得又把手一拍：“哎哟，今天都回来了，好，好，我赶紧去多准备几个菜。”

小武看着周桂贞喜颠颠地进了厨房，这才面对着破天：“破天，我正准备去找你。”

“有什么事吗?”破天拉着小武在沙发上坐下。

“唉，”小武捧起头，“先生的古琴丢了，我心里一直不安，我们俩曾沿着茂里河向下游寻找过不下十次，都没有得到一点消息，我愧对先生。”

“小武哥，想到这我就心痛，可怎么办呢?”破天的声调低下来。

彩彩倒来了两杯水放在桌上，她对当年古琴丢失的事早就了解。

“你们不要自责了，光着急有什么用，还是要去找呀。”

“是的，”小武抬起头，“破天，我明天就动身，再去细细地找一找。”

“好，我们一同去。”

“我也去。”彩彩嚷起来。

“这一次，我打算顺着茂里河一直向下去找，要问遍河边的每一个村庄每一个集镇，再去先生的坟上祭拜，还想上清虚山看看青云道长。”

“啊，这样算来要很长时间，我怕去不了。”彩彩十分惋惜。

破天无奈地看着小武：“小武哥，学校就要开学了，去得太久，我怕也不行。”

小武笑了：“我早料到你们没有那么多的时间，也好，我独来独往自由自在。”

“小武哥，你要早些回来，”彩彩热切地望着邵小武，“别忘了我们刚才说的事。”

破天好奇了：“什么事？”

小武欲言又止，干咳了两声才说出话来：“彩彩要我别蹬车了，找别的事做。”

“是呀，彩彩说得对，小武哥，我已经工作了，你就不要为了我再劳累了。”

“这么多年来我蹬车已经习惯了，”小武感慨起来，“我与车也有了感情，蹬起三轮车，走过金港的大街小巷，看遍了形形色色的人，蹬车也很有趣。蹬车、载人虽是累点，我觉得快乐，又很自由，我能抽空练练武功，还传授了不少人。”

“小武哥！”彩彩兴奋得击起掌来，“那你就开起武馆，自己能练武，还能教人。”

“这是个好主意，我赞成。”破天高兴地举起了右手。

“这……”邵小武眼前一亮，这确是个好点子，但开武馆不是件小事，人力物力谈何容易。他向破天和彩彩点点头，“是件好事，容我慢慢思考，不过蹬车我还不想放下了。”

“小武哥，等学校开学后，我抽时间帮你筹划筹划武馆的事。”

六　风起云生

邵小武沿着茂里河一路走下去，几乎是逢人便问，一直走到茂里河流进大江的入口，又跑遍了茂里河两岸所有集镇，仍然没有得到一点古琴的线索。小武愧疚地跪在欧阳鸿的墓前，向先生哭诉自己的失责、愧恨和无奈，他发誓一定要找回先生的琴。

清虚山紫霞宫前的一块平坦的高地上，一排青松苍苍翠翠，这里有几个石墩，青云道长在一块平整的石头上，前面横着一块高出的长条大石头，上面放着一张古琴，青云道长信手弹奏一曲《列子御风》。

弘懿法师风尘仆仆地登上高地，声音爽朗地合上双手："青云，久违了。"

青云道长一见来人是弘懿法师，心中大喜，立即站起身迎上去："哎呀呀，弘懿，是哪阵仙风把你吹来了。"

弘懿法师开怀一笑："是你的琴声把我引来的呀！青云，别来无恙吧?”

“还好，还好，甚是想念你呀，还有……啊，快请坐，童儿，给客人上茶。”

弘懿法师在一块石头上坐下，接过了道童递来的茶盏饮了一口：“哦，好茶。”

弘懿法师放下茶盏，一捋银须，笑呵呵地从身边的一个黄布口袋中拿出一本装帧精美的书递过去：“青云，你看。”

“《三山琴谱》，啊呀，真是《三山琴谱》。”青云道长接过琴谱，双手有些抖颤。

“我们的心愿完成了，只可惜欧阳没有看到。”弘懿法师望着远远的一片绿色。

“欧阳，欧阳是这本琴谱的大功臣啊。”青云道长不停地抚着《三山琴谱》，“真想念欧阳呀，多年的挚友，天地间的知音，我常常在梦里见到欧阳。”

弘懿法师长叹出一声：“欧阳一去，我心里常是失落……可仰望着居云山那云雾飘绕的山巅，我猛然醒悟，欧阳已经脱离了苦海，他虽仙去了，可他的音容笑貌常伴在我的身边，他一直还活在我们的心里。”

“是啊是啊。”青云道长无限感慨，他望望弘懿法师，“弘懿，为了琴谱，你也受累了，多谢。”

弘懿法师摇摇头：“欧阳一去，我更想早日完成琴谱的刻印，可是身体一直欠佳，加上刻印中又遇到了许多的麻烦，所以一直拖到了现在，才把它送到你手中，甚是惭愧。”

青云道长端详着《三山琴谱》，心头又涌上一阵激动：“弘懿，我们的琴谱是为我们的古琴做出了一点事，是为中国的传统文化作了小小的贡献呀！”

“是啊，为此我也很欣慰。”

道童斟满了茶，弘懿法师连饮了几口：“青云，这次来紫霞宫还有一事相扰。”

“什么事，请说吧。”

弘懿手指着一个随他同来的残疾人：“我叫他大何，是个可怜人，几年前一个风雪交加的夜晚他倒在居云寺的山门前，把他救起时，他说话不清楚，也记不清以往的事，不过听力还好。我收留他在居云寺内做些粗活，上山采来草药为他调治了几年，渐渐有了些好转。青云，记得你炼成过一种‘醒梦丹’，不知对他可有效，想配合我的草药让他试一试。”

“啊，”青云道长捋捋嘴边的长须，“可以，让我先来看看大何。”

弘懿法师让大何走上前，大何向青云道长双手合十低下头去。青云道长把大何扶正了，上下左右仔细地观察了一番，只见大何左臂僵直，手指弯曲，右腿蜷缩着立在那里，脸上自眉骨到脸颊有两道斜拉下的伤疤，青云道长想象着此人原来定是有一张清秀的脸庞。

青云道长缓缓地问起："你姓什么？"

"姓秦。"

"叫什么名字？"

"叫……叫秦……何……"

"老家在哪里？"

大何想了半天，还是摇头。

"家里有人吗？"

"有，有老婆……儿子。"

青云道长沉思了片刻，走向弘懿法师："弘懿，可以一试，他还有救，除了'醒梦丹'，我再给他配些别的丹药。"

弘懿法师合起掌："青云，多谢了。"

弘懿叫来大何："大何，你先去下面的铜佛寺，把我要的那些黄精、五叶参收拾好。你就顺着我们来时的路走，下两个坡就到了。"

"是。"大何向着弘懿法师和青云道长合掌鞠躬，然后一瘸一拐地下了高地。

大何一走，青云道长和弘懿法师又对饮了些茶。

弘懿法师抹抹两道长眉，眼里射出了光彩："青云，我最近又得了一首好琴曲，曲名是《凌云操》。"

"啊，好名字，那一定不同凡响。"

“是的，这是我所搜集到的琴曲中，最喜爱的一首，只可惜《三山琴谱》刻印完成了才得到这首琴曲，每弹奏一次都叫人心旷神怡。”

“这么神奇吗？”

“我弹着这琴曲就觉得天地更宽广，居云山更高了。”

“我也想听听此曲。”

弘懿法师抖抖衣袖：“老了，记不住曲谱，等我把这首琴曲揣摩得完全满意了，会把琴谱给你送来。”

“好，我先谢谢。”

邵小武上了高地，一见青云道长便放下行囊跪倒在地：“道长，小武来了。”

青云道长还沉浸在兴奋中，忽见小武跪在面前，忙挽起小武，心中十分高兴：“今天是好日子，你们都来了，小武，过来拜见弘懿法师。”

小武拱起手向弘懿法师欠下身体，老法师也还了礼。

“小武，你不在金港照看着破天，怎么回来了？”

小武笑起来：“道长还觉得破天是个孩子吧，他已经是音专学校的老师了。”

弘懿法师一听，忙问起来：“你们说的破天，是那个曾在居云寺中的破天吗？”

“正是。”青云道长点点头，“欧阳临终时，嘱咐小武护送破天去金港找苏兰馨。”

“去找苏兰馨?”弘懿法师对这些事全然不知，甚是诧异。

“先生说破天是难得的人才，要我时时处处护着破天……虽然没有找到苏老师，可破天真有能耐，还是进了音专，现在又留在学校里当上了老师。”小武向着老法师赞不绝口地夸着破天。

“破天，小破天啊，”弘懿法师的眼前又出现了当年破天那白嫩可爱的小脸，又想到海云墩对面悬崖上的青松。

“破天还弹古琴吗?”青云道长问起小武。

“破天每天都在弹奏古琴，在金港又得到了高人的指点，现在很有些名气了。”

青云道长感慨无限:“欧阳，破天有出息了，你可以安息了。”青云道长又面向着弘懿法师，“弘懿，有破天这样的好青年传承古琴，就会培养出更多的破天，我们也安心了。”

青云道同弘懿法师越说越激动，却发现小武沉默不语地低下了头。

“小武，你怎么啦?”青云道长问道。

“先生的琴还是没有下落，我接连几天几夜寻找，一无所获。”

“怎么，是那张‘龙琴’吗?”弘懿法师十分吃惊，“那可是宝贝呀，是欧阳的命根子。”

“是我不好，全怨我。”小武的头埋得更低。

“小武，”青云道长扶正了小武的身体，“不要自责了，是不是换个方向去找找问问，这样的宝贝是不会被淹没的，也许它漂流得更远了。”

小武抬起头：“我再去找，再去找！”

“弘懿，我们一起帮着找。”

“好，我回去就请四方的香客打听，找不回‘龙琴’，欧阳是不能瞑目的。”

青云道长见小武一脸愁云，便岔开了话：“小武，你的武功还练吗？”

“练呀，我天天坚持在练。”小武的情绪好起来。

“好，不可荒废。”

“弟子时时记着道长的教诲，我还想去教授更多的青年，让我们的紫霞功夫传得更广，传得更远。”

“好，这是大好事。紫霞功夫不光属于我们紫霞宫，它是中国千百年留下的武功精粹，小武啊，好好去做吧，可要记住，不是为名为利，一心为的就是我们的紫霞功夫。”

“是，弟子记住了。”小武郑重地拱起手。

金港大饭店的五楼大会客厅里，客人渐渐多起来，有大腹便便的大亨巨头，有文质彬彬的建筑行业专家，还有进门就四下扬手的金港名人。男士的身边多伴着精心打扮衣着华丽的女人，她们遍身上下美艳靓丽，把整个大厅映得五彩缤纷，花团锦簇。

郁崇美一家及破天早早就来到客厅，因为今天金港的名人雅士及郁崇美在金港的同行和朋友，要为郁崇美设宴饯行，郁崇美推辞不了，只得前来赴宴。郁崇美身着挺括的黑色西装，长发梳得很光，巧妙地盖过了已光秃的头顶，他神情自若地立在客厅的中央。苏兰馨着一身浅紫色的绣花旗袍，颈项上的钻石项链显出华贵，长卷发弯曲得流畅自然，她手挽着女儿站在郁崇美的身边。美兰把长发用粉色的丝带缠在一起，精心地编出两条长辫，穿着缀有红色、橙色小花的白色衣裙，显得文静又活泼，还透出些高雅的气质。破天就有些不自在了，因为美兰一定要拉着他来，他站在那里既不想同郁先生靠得太近，又不能同美兰母女离得很远。

郁崇美不停同进场的嘉宾握手问好，苏兰馨也是微笑着点头示意，美兰今天很高兴，客厅里的人越多她越是兴奋。美兰同苏兰馨耳语了两句，就旋转起来，向破天招招手直奔向大厅的一角。那里放着一台精致的钢琴，郁崇美在来饭店前就说过，希望美兰今天能弹琴助兴。美兰快乐地打开琴盖，琴声立刻响起来，悠扬起伏的乐曲和大厅里的气氛十分和谐。

郁美正同一位建筑界的大人物握手交谈，忽然四周的人急速地闪开去，那个谈兴正浓的人回头一看，忙向郁崇美挥挥手走开了。正面走过来一个干瘦的老头，满头的白发油色光亮，一条鲜红的领带十分耀眼，他远远地就伸出了满是斑点的手：“郁先生，你好，你好，咯咯咯……”

破天正欲去美兰那里，却被这小老头干涩的笑声吸引住了，他仔细地看了看，这老头简直就像一根干树棒，真想象不出那刺耳的笑声如何发出的。

郁崇美赶紧跨上前一步，握住老头的手："啃唷，熊老，熊老，怎敢劳您大驾，真是荣幸，荣幸！"

"最近在海外又捞回了些什么宝贝呀，咯咯咯……"

"郁某不才，能力有限，只是想尽尽自己的微薄之力吧。"

这老头名叫熊海鳌，他不停地摇着郁崇美的手："郁先生精神可嘉，熊某早有耳闻，叫人羡慕呀。郁先生，多年不见了，你的风采更胜啦。"

"熊老和前些年也毫无变化呀，保养得真好，夫人及全家都好吧？"

"好，还好……"熊海鳌又咯咯地笑了笑，这时周围很多人都在向他点头鞠躬，熊海鳌便向郁崇美摆摆手，朝人群中走去。

熊海鳌一走，苏兰馨的身边就凑上来一个高大肥胖、满脸是肉疙瘩的女人，她贴着苏兰馨说道："熊家大太太去年年底才去世，可是……可是熊老的艳福不浅，又有了一位年轻漂亮、才貌双全的新太太了，嘻嘻嘻……"

"啊，啊。"苏兰馨心不在焉地听着，无奈地应付着。

破天在一旁全听见了，他痴痴地想着，这么个如同朽木般的人还有精气神出没在这样的场合，还娶了个年轻有学问的太太，这熊老头是什么人，真不可思议。

苏兰馨为了摆脱那胖女人，转过身来：“破天，美兰一直在叫你呢。”

破天这才回过神，赶忙穿过人群，向着美兰走去。

“你怎么才过来呀！”美兰瞪了破天一眼，心里有气，可知道这里不是撒气的地方。

破天露出笑脸：“我不是来了吗，小姐。”

美兰仰起玉一般的颈项：“坐下，我们弹琴吧。”

“好，”破天在美兰身边坐下，“我们弹什么？”

美兰的凤眼转了转：“弹德沃夏克的《斯拉夫舞曲》吧。”

“行。”破天深深呼吸了一下，端正了身体。

两个人的四只手同时落在键盘上，奏出了一个坚定丰满的和弦，这几个音震撼着美兰的心，她觉得同破天靠得更近了。美兰全身的血液都沸腾起来，两只手像飞起的白鸽，优美而热烈的音乐使她振奋，当和破天演奏对答或模仿的乐句时，美兰更是满心喜悦又柔情地演奏，好像是在同破天窃窃私语，又像在与破天追逐嬉笑。一段节奏复杂的重奏抑扬起伏十分悦耳，美兰和破天都情不自禁地相视而笑，破天亮闪闪的眼睛更使美兰迷恋，美兰想象着若能同破天就这样永远地弹奏下去，该多么好啊！四只手弹出的音融在了一起，只听着他们合作完成了一首优美和谐的乐曲，感受着那扩展开来的音域中交织出层层美妙的立体音响。

大厅里响起震耳的掌声，美兰和破天站起来，转身向四周频频致谢。上来几个年轻人争着向美兰献花，破天正想侧过身来祝贺美兰，一位年轻漂亮的女士走到他的面前，向他递过来一束鲜花。破天接过了花束，正要表示感谢，只见那位女士咧开了嘴：“破天，还认识我吗？”

“你……”破天把面前的女士上下看了看，只见她瓜子脸上眉毛又黑又细，白粉抹得不浓不淡，胭脂涂得很均匀，烫着入时的卷发像无数个小圆球在头上滚动，一串白色项链中间是一颗硕大的六角形钻石，耳坠长长地拖下来，一身红绸绲边的无袖旗袍显露出鲜藕般的臂膀，手腕上是一只精致的小皮包，脚上穿着乳白色镶着金边的高跟鞋。

破天迷惑了，这样一位阔太太怎么会认识自己呢？

“破天，你好好看看，我是雯姐呀。”那女人睁大了眼睛。

“你是雯姐！”破天从她那眼睛里记起了雯姐的影子，破天激动起来，想上前拉住雯姐的手，像从前一样亲热，可是在这大庭广众之下，破天控制住了自己，“雯姐，你……”

没等破天把话说完，雯姐就凑近破天：“破天，我们到外面去说话。”说罢，她便向大厅外面走去。

破天心里一团迷雾，这些年来自己时时都在打听雯姐的下落，今天她竟在这里出现了，自己要同她好好谈谈，她的画一定画得更好了，或许已经办过画展了。破天见美兰正同那几个献花的青年在热烈地交谈，便同美兰简短地耳语两句，放下花束走了出去。

大厅外面的走廊上很凉爽，雨在哗哗地下着，透过落地窗看到下面那高高低低的房屋呈现在一片雨雾中。

破天出了大厅，只见雯姐一手抱着臂膀，一手支在嘴边悠然地抽着细长的雪茄，见破天出来，她扬起了手。眼前的雯姐，使破天更感到陌生。

“破天，我一下就认出了你，你的钢琴怎么弹得这么好呀!”雯姐背靠在大理石的圆柱上，“真想不到我们在这里见面了。”

“雯姐，你……”破天一直在脑海中搜寻雯姐从前的模样。

“破天，你好像把我忘了。”雯姐嘘出一串烟圈，摇晃着头。

“我没忘，雯姐，我经常想到你，想着你对我的帮助。”

“那就好，我住在星光花园的别墅，希望你有空来玩，我们可以多聊聊。”

破天从声调中渐渐找回了雯姐从前的一些感觉：“雯姐，你好吗？你的工笔画一定……”

“嘿嘿，”雯姐截住了破天的话，仰起脖子笑起来，“不画了，早就不画了。”

破天简直不敢相信：“雯姐，你怎么会不画画了呢？”

雯姐看看破天，很享受地满满地吸了一口烟，把手一摆：“真的不画了。”

“雯姐，你不是说这世界上再没有比画画更好的事了吗？你还说过要一辈子去画画。”

“那是过去的理想，嘿嘿，也是傻想，太单纯，太幼稚。”雯姐嘿嘿地笑着，笑得浑身直颤。

“雯姐……”破天愣愣地看着雯姐，不知说什么好。

“画画能画出金山，画出银山来吗？对一个女人来说什么最重要，就是要嫁一个有钱的老公，有钱才有一切，我已经完全改变了我的人生道路。破天，你能理解吗？”

“我……”破天支吾着，雯姐完全变了，以前那个可敬可亲的雯姐哪里去了！

“嘿嘿，你会明白的，总有一天你会明白的。”雯姐使劲地扔下烟蒂。

这时，一个瘦小的老头侧着肩膀挤过来，挤在破天和雯姐之间，他大叫起来：“阿雯呀，你叫我好找哇！”

雯姐一见那老头就扭动起身体，像一只见到主人的猫。

小老头一转身，抬头看见了面前是个英俊的青年，顿时瞪大了眼睛，直逼向雯姐：“他是谁，你们在这里干什么？”

雯姐的身体像是要把那小老头缠起来：“宝贝，别生气，他是我家乡的一个小弟弟，啊，是我的小表弟。”

破天看清楚了，来人就是在大厅里出现的熊老头，听说他娶了个年轻貌美的新太太，难道……破天顿时觉得一阵恶心。

“他真是你表弟？”熊老头大声地追问，脸色很难看。

“宝贝，他是我亲表弟。”雯姐用手搂住熊老头细长的脖子，像捧着一个孩子，“破天，快叫姐夫。”

熊老头狠狠地瞪了破天一眼，吐出一口粗气，拉着雯姐走进了大厅。

破天望着这对老夫少妻的背影，大声地咳嗽，想把梗在嗓子眼里难受的感觉咳出来。他猛地推开前面的玻璃窗，风和雨吹打进来，破天把头伸出去，雨淋在脸上很舒服，他真想冲到大街上狂奔，让雨水淋个够。

为郁崇美饯行的盛大酒宴散席了，熊海鳌却是余兴未尽，他要到三楼的娱乐厅去喊上两嗓子，这是他的习惯，每次来这里赴宴，散席后他总要去唱几段京戏。他对这里很熟悉，三楼的娱乐厅里每晚都有金港的京戏票友聚在那里。熊海鳌兴冲冲地直往前赶，雯姐都追不上他了。他不断地清着他那干涩的嗓子，今晚想高唱一段“孤王酒醉桃花宫”。

熊海鳌在娱乐厅外就听得里面传来了板眼稳健、颇有韵味的演唱，唱的是《文昭关》中的“一轮明月照窗前”，唱得哀怨缠绵，道出了伍子胥凄凉无助的落魄境地。熊海鳌对金港的京戏票友了如指掌，能有如此唱功的他还从未听到过。

雯姐赶上一步挽住了熊海鳌，两人踏进娱乐厅，立时厅里的人全都站了起来，琴声也停住了，那演唱的人却愣在了那里，大家赶快腾出了最显要的位置让熊海鳌和雯姐坐下。熊海鳌打量起面前这位演唱者，只见他中等身材，白净的面庞，梳着三七开的分头，一身浅灰色的长衫，脚上是光亮的皮鞋，这中年男人清秀文静，鼻梁上架着的那一副金丝眼镜更增添了几分的儒雅。

“这位……”熊海鳌用折扇向前一指。

他身边立刻钻出来一个光头：“熊老，这位是梅溪茶行的萧先生萧枫。”

光头又转向萧枫：“萧先生，快来见过熊老，熊老可是我们金港的财神菩萨。”

萧枫掸掸长衫，来到熊海鳌面前深深鞠下一躬：“熊老，久闻大名，正要去拜见您老，萧枫来金港不久，人地生疏，望熊老能赏口饭吃。”

“好说，好说。”熊海鳌更觉得萧枫的举止不凡，“你的戏唱得好，以后我们在一起合作，我来反串旦角，演一出《武家坡》，咯咯咯……”

那个光头又插上了话：“熊老，这萧先生不光京戏唱得好，还弹得一手好古琴呢。”

“啊，人才，人才，熊某对古琴也略懂一二，哪天倒要聆听聆听。”

熊海鳌说着话，眼睛却瞟向雯姐，只见雯姐身体前倾张着嘴，两只眼睛直勾勾地盯着萧枫，一动不动。熊海鳌腾地怒火中烧，他伸出左手狠狠地拧在雯姐的大腿上。

“哎……”雯姐刚喊出一个音就立刻收住了，赶忙满脸堆起笑拉着熊海鳌的手，“宝贝，你不是来唱戏的吗？我就想听你唱嘛。”

萧枫张开双手：“熊老，来一段吧，让晚辈见识见识。”

熊海鳌哼哈了几声清清嗓子，可雯姐刚才那失魂落魄的神情，让他心里像砸开了一坛醋，他手一挥：“不唱，今天嗓子不舒服。”

“熊老，改天我一定登门拜见，送上两盒上等的新茶敬您老。”

“免了，免了，咯咯咯……”熊海鳌说笑得自然，可他还在打量着萧枫。这个萧枫谈吐不俗，精明大方，是个难得的人才，如果收在他的门下，一定是个好帮手。只可恨他太潇洒，太帅气，恐怕……熊海鳌心中五味杂陈，他展开折扇摇动起来：“谁给我来一段花脸的《锁五龙》？”

琴声立刻响起，接着就听到粗声大气的：“号令一声绑帐外……”

雨停了，马路上被洗涤得干干净净，海关大钟敲响了十二下。

熊海鳌坐在汽车上一直没吭声，紧闭着眼睛仰靠在座位上。

雯姐急得一会摸摸熊海鳌的手，一会又亲亲他的脸，可是熊海鳌一点反应都没有。雯姐又把头靠在熊海鳌的肩头，侧过身来用手抚摸着他的胸口：“宝贝，宝贝，你还在生我的气呀？”

熊海鳌还是没动，只是连连地吁出气。

“宝贝，我爱你，任何人都动不了我的心。宝贝，请相信我。”

熊海鳌的心中还从没有这样的沉闷，唉，老了，自己可能是老了，年轻人多好啊，有白净的皮肤，乌黑的头发，行动灵活，风度翩翩，又有健壮的身体，旺盛的精力和无限的前途，怎么能不招人爱？想到这里他咳嗽了两声，急促地吸进一口气，又转了一个念头："我熊海鳌也曾年轻过啊，在金港这片土地上，摸爬滚打挣扎拼搏才有了今天，有几个能同我熊海鳌相比，有我的财富吗？有我的势力，有我的手段吗？老子一跺脚，金港也要晃几晃。自己真的老了吗？不，我还有雄心，还有几桩大生意、大买卖需要我。那个英国人大卫，是金港跑马场的大股东，一直在同我联系，最近就要同他谈一笔大交易。"熊海鳌扫了一眼偎着自己的雯姐，自己怎么变得多愁善感了？小小的阿雯一个表情就让自己这样嫉恨，往日的男子汉的气概哪里去了？女人不就是玩物吗？玩厌了就扔，自己又扔了多少？想到这里熊海鳌有了点精神，他向司机说道："雨停了，我下去走走，晚上的空气清新，你把车直接开回去吧。"

熊海鳌开了车门走下去，雯姐也慌忙跳下车，赶上去挽住熊海鳌。

汽车开走了，熊海鳌深吸了一口气，抽出被挽着的手，转过去搂着雯姐的腰："走吧。"

两个人在人行道上走了一段路，雯姐停住了脚："宝贝，你怎么不说话？"

"说什么？说你爱我，说你喜欢我这个老头子，咯咯咯。"

"宝贝，我真的爱你喜欢你，任何人都不能打动我的心。"

"真的？谎话！你说的全是谎话，你眼睛里透出的消息才是真实的……还有那个编造出来的亲表弟！"熊海鳌越说越气，越想越来火，他一甩手径自往前走去。

到了自家的别墅前，熊海鳌想显显老当益壮的气概，就连连跨上台阶，不想脚下一软身体就歪斜过去，眼看就要一头栽下去，雯姐在后面发出了惊叫，就在熊海鳌倒地的一刹那，却有一双手托住了他。

熊海鳌一身冷汗，抬头看看托住他的陌生人："你……"

"熊老，我在家排行老六，您老就叫我六儿。我是来投靠您老人家的，在这里转了好几天，不想真的见到您老人家了。"

"六儿。"熊海鳌打量起眼前的人，身材瘦小，脸上颧骨突出，深凹的眼睛里透出些狡黠，看来是在江湖上混饭吃的。

"熊老，熊爷，您老人家收下我吧，我是一心来投靠的。"

"我要的是忠诚，我怎么信你？"

六儿"扑通"一声两腿跪地："我愿为您老人家做牛做马，若对您老人家不忠，天打五雷轰！"

"起来吧！"熊海鳌看着跪着的六儿，心想多一条狗也能帮着咬人，"我先给你安排一个吃住的地方，但是，我要考查考查你的忠心。"

"谢谢熊老，谢谢熊爷。"六儿爬起来就去扶熊海鳌，这时雯姐上来双手托住了熊海鳌的腰，六儿知趣地放下伸出的手，退到他们的身后。

这个六儿就是鲍六。

熊海鳌这几日连续奔波在金港的东西南北，他那成群的妻妾丢下了一堆孩子，为了几处的房产在争吵不休，熊海鳌为了不让他们闹到星光花园的别墅去，不想让金港的人笑话他，他只有带上一包钱一处一处地去安抚。昨天阿雯告诉他说自己怀孕了，哎哟，老来得子，熊海鳌先是一喜，后来又抱怨起来，要那么多孩子干什么，他们都是来讨债的，都是来争来夺来索取的，自己怎么还干这种蠢事！阿雯既然怀上了，对她就不要太苛刻了，女人有了孩子还能想什么、干什么？

汽车"嘎"的一声停下了，司机知道发动机出故障了，赶紧去修理。熊海鳌走出汽车见天色已晚，在人行道上来回地踱着步。突然一阵琴声传来，好似清风中旋转着无数花瓣，叫人心悦气朗，把几天来熊海鳌因儿女们的纠纷窝在心里的怨气和烦闷一扫干净，他耸耸肩觉得轻松了许多。抬头一看，只见路边店门上的牌匾是"梅溪茶行"，熊海鳌记起了这不就是那个萧枫的店吗？说他能弹得一手好琴，莫非这琴声是他弹出的，倒要进去看看。他向司机招招手，司机过来叫开了店门，说明了来意。

熊海鳌被引到后面的书房，只见萧枫坐在琴桌前专心地操琴。熊海鳌向司机挥挥手，司机出去了，他又向开门的老人示意不要惊动弹琴人。

乐曲起伏跌宕，十分动听，琴声终止在清晰的泛音上。

“好，好，真好！”熊海鳌立在书房门外连声叫好。

萧枫很惊讶，一抬头见是熊海鳌，忙离开琴桌大步地迎过来：“哎呀，是熊老大驾光临，怎么不事先吩咐一声，快请坐。”

熊海鳌在一张椅子上坐下：“萧先生的琴声叫人日不知脯，夕不觉曙啊。”

“惭愧，惭愧，熊老说得我都无地自容了，我只是用琴声打发些无聊。”萧枫说着话倒来一盏香茶放在茶几上。

“萧先生，你弹的《梅花三弄》，金港怕是无人可比了。”

“啊呀，熊老的夸奖，萧枫不敢当。”

熊海鳌揭开茶盏饮了一口，闭上眼睛微微晃动起头：“梅为花之最清，琴为声之最清，以最清之声写最清之物……妙极，妙极了。”

萧枫肃然起敬：“熊老真是学问大家，萧枫更觉浅薄。”

熊海鳌睁开眼：“萧先生，你这古琴的音色清实、明亮，是张好琴呀，能容我看看吗？”

熊海鳌来到古琴前，先用手拨动两根琴弦，又低下头看看琴上的岳山，看看龙龈，用手在琴面上来回地抚摸一番。然后托起古琴翻转过来，只见龙池旁一行行书：“龙吟乾坤靖。”迎着光再向龙池里面看，有数行字很模糊。熊海鳌那昏黄的眼睛里顿时闪出光，他大叫起来：“好琴，果然是好琴！”

熊海鳌不舍地放下古琴，还不停地抚摸着：“这是张难得的古琴，如果我没记错，它是出自宋代。”

萧枫立在一旁没有插言，只是静静地听着。

熊海鳌猛击一掌：“对了，据记载‘龙吟’和‘凤唦’这两张琴同出自宋朝宫廷的名匠之手。只是那张‘凤唦’……要好好去找一找。”

“凤唦！”萧枫一听赶紧凑上来，“熊老，那张琴在哪里？”

熊海鳌望着急迫的萧枫有些奇怪：“我也不知道在哪里，但是只要那张琴还在这世上，我手下的人定能打探得到的。”

萧枫立即拱起了双手：“熊老，如有线索请一定要告诉我，拜托了。”

熊海鳌更不解了，他又咯咯一笑：“慢慢打听吧，啊，萧先生，你这张琴许是家传的吧。”

“不是，不是萧某自己的，我正要还给人家。”

“噢，还给人家……那就好，那就好。”熊海鳌一听，心里就打起了如意的算盘，他咧着嘴一直望着萧枫。萧枫被望得很不自在，心里却有些慌张，他忙向茶盏中加了些水：“熊老……”

熊海鳌坐在那里把腰向上挺了挺，两条腿分得更开：“萧先生，这张琴要还别人……不用还了，就转给我吧！”

“不能，我没有这个权利，别人的东西一定要还给人家。”萧枫说得很慢很诚恳。

熊海鳌两道浓眉揪在一起，嘀咕！原以为萧枫是个见风使舵识时务的人，不想却是个死脑筋，这张琴已经在自己的手里，还想着去还别人，真是好笑，还有这种有利不图的傻蛋？可是这张琴非比寻常，是件宝贝，如果龙凤两张琴合成了对，那就是价值连城，这样的好机会不能放过，先要把这“龙吟”古琴搞到手。他咯咯笑了两声：“萧先生，金港这地方怎么样啊？”

“大都市，好地方。”

熊海鳌故意扬起了语调：“想不想在这里待下去啊？”

“萧某愿在这里把生意做下去，还望熊老多多提携。”

“知道就好，”熊海鳌收起了笑容，眼里射出冷冷的光，“我这金口是不轻易开的，我再问一次，这张琴……”

萧枫欠下身体：“是别人的东西，我确实不能做主，萧枫实难从命。”

熊海鳌一拍桌子吼起来：“不识抬举的东西，混账！你敢顶撞我？你抬起你的狗眼看看你面前是什么人！好，你等着，我们走着瞧！”

熊海鳌说罢，身体一摆气冲冲地走了出去。

萧枫愣了片刻赶紧追上去，可是赶到店门口时，熊海鳌坐的汽车已经发动，萧枫挥着手赶上两步，熊海鳌脸色铁青只看着前方，汽车飞快地驶去。

七　冷暖爱恋

一弯新月挂在夜空，月亮旁几颗星星闪闪烁烁，阵阵秋风吹来，门前大槐树上的树叶“沙沙”直响，更显出四周一片宁静。

韩月莹抄写着古琴谱，谱上的一个长长的散音好像活起来，重重地敲在她的心上。韩月莹放下笔，理理额前的长发走到窗前，又一阵风吹来，一片枯叶飘落在窗台上，韩月莹拿起落叶，在手掌中抚摸着。

韩月莹的思绪难平，和破天同学数年，现在又在一起工作，破天的人品、才能都是出类拔萃的，他那端正的五官、潇洒的举止让人爱恋。自己若有破天这样的终生伴侣，就再也没有什么可求的了。唉，偏偏来了个郁美兰，她缠着破天，两人无拘无束地嬉笑玩乐，好开心啊。破天是怎么想的呢？他应该明白自己的暗示，应该懂得自己的心呀，可他为什么同美兰那样亲近，是因为美兰是兰老师的女儿，破天待美兰就如同对小妹妹，是这样的亲密吗？

啊，不要欺骗自己了，韩月莹的心底里非常清楚，非常明白。破天近来特别兴奋又精力充沛，他的眼里闪烁出的是奇异的神采，破天早晨都在草坪上大声诵读有关爱情的诗篇。可韩月莹又奇怪了，破天同自己的接触还是像以前那么自然，还是那样热情，看不出有一丝一毫的内疚和羞愧。啊！是我自作多情，还是自己没有看准破天？

韩月莹望着窗外的星月，唉，爱情之路为何这般曲折坎坷，对钟爱的人为什么就不能敞开自己的心扉？一颗小小的星星特别闪亮，韩月莹好像看到了美兰那又大又亮的双眼，美兰年轻活泼，像三月的桃花美丽娇艳，美兰确实是个漂亮的女孩，她有爱的权利。可自己怎么办？去争辩，去哭诉，去暗使伎俩……不！韩月莹摇摇头，自己是一个有尊严有教养的女性，不能贬低自己。

走吧，还是回青山吧，不要在这里受着煎熬，永远离开金港，今生今世再不要见到破天！

此时，破天心中的美兰更可爱更可亲，破天恨不能分分秒秒地同美兰在一起，见到美兰就兴奋无比。和美兰拥抱在一起时，他觉得两个人身上的血液都流在一起了；想到了美兰，他弹奏古琴中的每一个音都注满了情感。破天庆幸认识了美兰，又同美兰相爱，真是幸福，太幸福了！

秋日的桂花湖处处飘香，美兰挽着破天，依着破天的肩膀在草地上晃晃悠悠地漫步着。湖对面的山尖上托着下落的夕阳，天空中是红绿青紫各种颜色交织成的绮丽的晚霞，沿湖的桂花林洒上一层层金光，清清的湖水被染得血红。

美兰眼睛半睁半闭着，一直紧依着破天，破天是半扶半托地搂着美兰，两人上了拱桥，美兰睁开眼四下张望，她猛然蹦跳起来："啊，太美了，太美了，桂花湖的傍晚太美了！"

破天望着天边的晚霞，正想着这大自然的美丽给人带来了多么美好的享受，音乐不也应该这样吗？破天像受到了启迪。

美兰有些不满了，破天对自己刚才的兴奋和激动毫无反应，她嘟起嘴："你在想什么？是不是又在想那个韩月莹？"

破天严肃起来："美兰，不能胡说，韩月莹是我同学、同事，也是好朋友，不能这样信口乱说。"

美兰笑起来："看你紧张的，好，不说这些了。破天，这湖上的景色多美，到处都飘散着桂花香，真是享受哇！今天不拖你来，你就天天守在古琴旁，哎，破天，以后你要带我到金港各处好好玩玩。"

"好，好。"破天挽着美兰下了桥，"我尽量抽些时间吧。"

"你不光要陪我去玩，还有一个任务，一个重要的任务！"美兰撒娇地贴着破天的身体扭动着。

"什么重要的任务？"破天笑了起来。

美兰仰起头："破天，你笑起来真好看，你的笑脸常在我的梦里，嘻嘻……”美兰猛地扑进了破天的怀中，把滚烫的双唇深深地贴在破天的嘴上，两个人紧紧地拥抱在一起。

湖堤上亮起路灯，四周的景物渐渐地模糊了，美兰陶醉在破天的怀中，遍身酥软得立不住了，破天双手抱起美兰，在湖边的石凳上坐下，美兰甜甜地偎在破天的怀中。

破天痴痴地看着怀中的美兰，整个身心都像是浸在蜜糖里。美兰半天才睁开眼，看见破天咧开的一排雪白的牙齿，她用双手勾住破天的颈项疯狂地亲吻起来：“破天，破天，我太幸福了，我们永远在一起，谁也不能把我们分开。”

“好美兰，我爱你，我们永远在一起。”

美兰紧紧地抱住破天，觉得自己的血肉已经同破天融在一起了。

一阵晚风吹来异常清凉，破天抚着美兰的秀发：“美兰，讲讲什么重要的任务吧。”

“啊，”美兰扬起笑脸，“为我写一首乐曲。”

“好，真是个好主意，美兰，我为你写一首古琴曲。”

“我要你写首钢琴曲，钢琴才能奏出我美好的青春，弹出我心中的快乐和热情。”

“钢琴曲是很美好，可你还没有感觉到古琴的美，古琴是几千年传下来的珍宝，琴声最能够表现我们中国人的情感。”

“古琴没有准确的节奏，音色的变化也不丰富，我，不……”

美兰扭着身体斜在了一边。

破天搓揉着美兰的臂膀："美兰，以后你多来听我弹古琴，就会改变你的看法。记得小时候在居云山的日出云海中，我就听到了古琴的声音，我说是天上的音乐，真是天上的音乐！啊，我难忘居云山上的奇异风景，更珍惜从那里听到的乐音。"

破天深情的畅述感染了美兰，她起来坐到了石凳上。

"美兰，我并不排斥西洋音乐，我也在学习借鉴，但是我更喜爱我们的民族音乐，这一点可能是受你妈妈的影响，古琴的七条弦上的弹奏技法非常丰富，尤其是那神秘的走手音，古琴生动地表现出中国人的精神面貌和思想情感，了不起呀，先辈们传下来的无价之宝，我们不能轻视它，更不能不了解它美的价值，而随意地贬低它。"

破天的这番话美兰好像有所触动，她伏在破天的大腿上："好吧，我慢慢去接受吧。"

破天高兴地笑了。

美兰摇晃起破天的腿，提高了声音："破天，这全是因为你的缘故！"

破天牵起美兰的手站起来："美兰，我一定把这首古琴曲写好，曲中有你的美丽，有你风华正茂的青春，还有你的活泼可爱，你的多情……"

不等破天说完，美兰紧紧地抱住破天吻了又吻："破天，我真正地理解了爱情，我幸福地得到了爱，我珍惜，我要异常地珍惜。破天，我们是这世界上最幸福的人，我们爱到永远，爱到海枯石烂！”

美兰说话时脸上呈现出少有的严肃，把破天的手握得更紧。破天很是感动，他理解美兰那爱的倾诉，美兰说的字字句句，正是他心中想要表达的，破天捧起美兰的脸：“我们一定爱到永远，爱到地老天荒！”

周桂贞正在房里收拾，金大用突然回家了，金大用把一筐水果放在桌上。

周桂贞从房里出来：“怎么突然回来了，也没事先捎个信？”

“回来就回来呗，要捎什么信。”金大用摘下头上的礼帽，抹抹油光的二分头，从口袋里掏出烟点上。

“你这次回来……？”周桂贞忍不住地问起来。

“这次事多，我要在家里多待些日子。”

“啊。”周桂贞想问下去，可却只“啊”了一声。

金大用指指桌上的水果：“这是上等水果，给彩彩吃的，你也吃吧。”

“哦。”周桂贞点点头。

“桂贞，来来来。”金大用拍拍坐着的沙发，“有件事我问问你。”

周桂贞在沙发上坐下："什么事？"

金大用深吸了一口烟："那个破天是学音乐的吧，听说他对古琴很在行，我要向他打听一些事情，他什么时候能来？"

"破天常回来，这里是他的家嘛。"

"好，那就好，那就好。"金大用连吸了两大口烟，丢掉了烟头。

房门打开了，彩彩和小武有说有笑地走进来。彩彩一见金大用，就飞跑过去抱住金大用："爸爸回来了。"

邵小武站直了身体："叔叔，你回来了。"

"小武，来这边坐。彩彩，这是爸爸带回来的水果。"周桂贞拿来了一个大盘，把筐里的苹果、香蕉、橘子拿了些放在大盘里，然后系上围裙走进厨房。

"叔叔，我正在筹备着办武馆，哪天你和阿姨去看看。"小武很兴奋，武馆里已显出了大致的轮廓，小武抑制不住心里的快乐。

"看你高兴的，"彩彩剥了根香蕉塞到小武的嘴里，"让你冷静冷静。"

一根香蕉小武刚吃完，彩彩又剥好橘子递过去，彩彩的眼里闪着光，嘴角上挂着笑，脸颊上红红的。

金大用从没有见过女儿如此神采飞扬，又这样美丽动人。彩彩是个稳重的女孩子，今天的言行举止却很异常。金大用的心里猛然一顿，难道，难道彩彩同小武……金大用再看看彩彩，只见彩彩和邵小武凝神对望着，眼里含着笑，彩彩满脸上都是喜色。金大用心里吹过一阵冷风，女儿呀，你太轻率了，怎么喜欢上了个蹬三轮车的车夫？凭你的美貌，你的学识和技能，那些富家子弟豪门公子都难攀求，可你，你偏偏……这下半辈子还指望着你，指望你带来荣华，带来富贵呀！金大用不由地长叹出一声。

彩彩移到金大用的身边，握住他的手："爸爸，你刚回来怎么就唉声叹气，你回来了，我们一家高高兴兴的才是啊。"彩彩说着话眼睛又向小武抛过去一道光。

金大用看着彩彩和邵小武的表情，心里更觉懊糟，心爱的女儿，一朵鲜花竟被这等无名之辈摘去，太叫人失望了，他禁不住又吁出一口气。

"爸爸，你是不是哪里不舒服？"彩彩担心起来。

金大用直起身来："就是有点累，休息休息就好了。"

"真的没事啊？"彩彩摆动着金大用的手。

金大用摇摇头，露出了笑容，咧开的嘴里显出两颗大金牙。

彩彩快乐地站起来，转到小武身边使了个眼色："你和我爸爸说说话，我到厨房里帮妈妈去做饭。"

金大用见彩彩进了厨房，心中的怨气立刻升上来，他要在小武的身上好好发泄。可他一转念，彩彩是个有主见的人，她自己选定的人决不会轻易放弃的，自己不能冒失，粗暴的言行不但不能赶走她身边的邵小武，还伤了他们父女的感情，自己就这么一个宝贝女儿，自己在外面的那些风流韵事都是在逢场作戏，并不曾给他添过一儿半女，自己到老了，还是要靠彩彩。想到了这里，金大用的脑子里突然又有了个念头，既然这样就先不要去干涉了，这个邵小武不是武功高强吗？他若能随自己去闯荡，倒是一个贴心的好帮手，但是先要给他来一个下马威，要吓他一吓，镇住他，以后再慢慢驯服他。

“小武，我们到书房里坐坐。”金大用的语调很平和。

两人进了书房，金大用轻轻把门关上，又点上了一支烟。

金大用在一张椅子上坐下，跷起了二郎腿，他阴阳怪气地说道：“邵小武，你同彩彩眉来眼去地说说笑笑，你们是什么关系？”

小武站在一旁支吾起来：“我们……”

金大用一拍桌子：“邵小武，你用什么手段迷惑了我的彩彩，你好大的胆！”

“叔叔，我爱彩彩，彩彩也喜欢我，我们没有手段，只有真情。”

“哈哈！你很有本事，又能说会道，难怪彩彩被你迷住了，可是，可是老子这一关，你休想蒙混过去。”金大用掐灭了烟头扔在桌上，他龇开嘴，两只金牙在嘴里闪闪发光。

“叔叔，我是真心爱彩彩，我会对她好的，也会孝敬你和阿姨。”

“你要孝敬我吗？好，老子要看看你的孝心，看你能不能做到，今后我说话你要全听，我安排的事你立即就要去做，你要无条件地服从，能做到吗?”金大用把肚子里想好的话全倒了出来。

“叔叔，只要你的话有道理，小武一定遵从你的意愿。”

“哼！还在跟我讲条件，告诉你，要想娶我的女儿，你必须先把老子服侍好，我说一你就说一，叫你向东你只能向东，否则，就让你尝尝老子的厉害。”金大用龇着金牙恶狠狠地冲到小武的面前。

邵小武还是不动声色地望着窗外。

金大用的威风要完了，好像没有效果，但他还是希望自己已经镇住了邵小武。为了给自己一个台阶下，他又回到椅子上架起了腿，手指着小武扬起声调：“邵小武，我还要考验考验你，看你是不是个乖孩子。”

彩彩推门进来，看了看小武的神情：“爸爸，你们怎么了?”

金大用面带着笑，亲热地拉住彩彩：“彩彩，我和小武谈得很好，谈得很投机呀。”

萧枫在店堂里忙了一阵就转到书房中，他又想起了熊海鳌，熊海鳌想要他手中的古琴，可这张琴不是他的，多少年来他一直在寻找失主，将心比心，他知道人家失去心爱之物的痛苦，一定要把琴还到失主的手中，他才能安心。

萧枫站起来走了两步，料想熊海鳌定会使出各种伎俩，他有钱有势，会不惜一切地达到目的。怎么办?先稳住他，同他周旋，等到“凤琴”有了下落再说，自己要分外小心谨慎。萧枫也同店里的上下人等讲过，要他们多加提防。萧枫越想心里越乱，他用手支住脑袋坐在桌边。

“萧先生在吗？萧先生在吗？”一个人大声地嚷嚷，径自从大门里进来，穿过了店堂立在书房门口，“萧先生，这里真清静呀。”

“你是？”萧枫站起身，打量着这位不速之客。

“我叫金大用，是海外贸易商会的会员，这次回来，听说金港来了位一表人才十分儒雅的萧先生，今日特来拜会。”金大用的大嘴里晃着金光。

“啊，金先生请坐。”萧枫斟起一杯茶递过去，然后回到座位上。

“啊呀！闻名不如见面，萧先生真是文雅，仪表堂堂，再看这书房里满是琴棋书画，真叫我们这些俗人又是羡慕又是嫉妒哇。”

“金先生见多识广，不要取笑了，萧某在金港也是为混一口饭吃。”

“吃饭容易，萧先生这里藏着宝贝，还愁吃喝？”

“什么宝贝？”萧枫警惕起来。

金大用手指着桌上的古琴：“这个宝贝的名气太大了，不少人都想得到，萧先生，你如果把它转出去，这店也别开了，够你享福的了。”

“你，你是怎么知道的？”萧枫有些慌张，这来者不善呀，但是要摸清底细才好对付，萧枫赶紧稳住自己。

“我……嗬嗬，实不相瞒，我是受熊老之托来同你谈谈，谈谈条件做笔交易。熊海鳌是什么人想必你也了解，他的话对我们来说就是圣旨呀。”金大用说到这里展开黑纸扇大幅度地摇起来。

萧枫镇定地饮了两口茶：“金先生要谈条件做交易，交易什么?”

金大用收起折扇向前一指：“就是这张琴，只要你肯把琴让给我们熊老，熊海鳌立刻给你回报。你看你家这小店，地方也偏僻了些，熊老会在金港最繁华的地段，给你安排一个大店面，宽敞又气派，你的生意立刻就红起来，钞票会滚滚而来呀。”

萧枫没有答话，只是面带微笑看着金大用。

金大用见萧枫没有回应，心里一凉，难道自己嘴皮上的功夫还欠缺？金大用觉得自己走南闯北，国内海外多少人都被蒙过，怎么会小小的萧枫还吓唬不了？金大用急得一跺脚：“萧枫，你可知道，胳膊扭不过大腿，鸡蛋碰不过石头。”

萧枫还是微笑着：“金先生，我这小小的茶庄很好呀，我从没有奢想过那么显赫那么张扬，我知道我没那个命。熊老我是十分尊敬的，我也知道要在金港混下去需要熊老的扶持，可是金先生呀，说来说去都是白说了，因为这张琴不是我的，我不能随便处置别人的东西。啊，这样吧，要是这张琴回到了它主人的手中，到那时候，你再去同他们谈谈交易吧。”

“哈哈，嘿嘿……”金大用张开大嘴，金牙射出了寒光，“老子费了半天的口舌，你一点都不开窍，天下竟有你这种顽固的狗屎堆!”金大用气得用折扇连连敲打起桌子。

萧枫却显得更若无其事，他在金大用的杯子里斟满了水，把茶杯推过去：“金先生是见过大世面的，今天我们才交谈了几句，怎么就气成这样了?”

“这，这……”金大用很是难堪，自己在一个文弱的后生面前，怎么如此狼狈。

“金先生，有话好说，这件事也要容我慎重考虑呀。”萧枫淡然一笑，转过了话题。

“那你……”金大用一听这话缓过神来，“考虑考虑，能理解，能理解。”

萧枫拱起双手：“刚才若有冒犯金先生之处，请多多原谅。”

“哪里，哪里。”金大用站了起来，“萧先生考虑成熟了，给我一个回话。”

“金先生，不能急，我这个人呀，遇事总是前怕狼后怕虎，需要一个较长的时间想想，金先生是不是要笑话我没有大丈夫的气概?”萧枫的自嘲更显出他的风度和潇洒。

金大用拖长了声音扬起声调：“那我就静候佳音了。”

金大用出了梅溪茶庄，心里十分窝囊，自己一个能说会道、坑蒙拐骗全能的在江湖上的大佬，今天怎么笨嘴笨舌时时被动呀，这个萧枫不好对付。想着想着金大用又偷偷地乐起来，自己不就是来试探试探的吗？熊海鳌要他来吓唬吓唬萧枫，自己也是借此来会会他。在海外那个英国人大卫就特地找过金大用，要他回金港打听龙凤鸳鸯琴，想不到刚回金港，熊海鳌又召见了他，也是为了这古琴的事，他们都想得到这两张琴，可想这龙凤琴定是非比寻常的宝物，能值大价钱。这次回金港，一定要彻底地摸摸清楚，待时机成熟，自己再决定投靠哪一方，如果海外有更好的买家，自己就把搞到手的两张琴带到海外，去捞一笔更大的好处。

金大用心里打着如意算盘，又一想，慢着，前途坎坷，那张“凤琴”虽有了点头绪还没有落实，要抓紧去联系上，让那张琴速速送来金港，两张琴不能成对，身价就要大降，还有大卫和熊海鳌是横在自己面前的两座大山，不好对付！但是这块大大的肥肉呀，如果成功了，自己这辈子就不愁了，连彩彩和彩彩的下一代都会生活在天堂里。金大用又想到了邵小武，自己若想成功，中间还有不少关节需要邵小武来为他助阵，要软硬兼施来降服邵小武，让他死心塌地地成为自己手中的工具。

美兰执意留在金港读大学，苏兰馨只有留下来陪着女儿。苏兰馨一家在国外时，别墅里只有司机王先生和徐妈看守和照料，现在苏兰馨母女长期在金港生活，家里的事就多起来，苏兰馨吩咐王先生再去请两个做事干净利索的人，还要找一个花匠打理花园里的花草树木。

音专又来了聘书请苏兰馨回学校，苏兰馨在学校里的工作量不大，时间也很自由。苏兰馨现在又能站在讲台上，又能出入在琴房中，能和同学们在一起，这是她在海外梦里常出现的。美丽的校园苏兰馨感到温馨，看着破天和韩月莹迅速成长更使她欣慰，她珍惜这时光，要为音专为同学们多做些事。

苏兰馨唯一放不下的是大洋彼岸的郁崇美，丈夫也是五十开外的人了，一个人漂流在海外，以前一家人就是离多聚少，现在为了美兰，他还是孤身只影地面对晨昏。丈夫从没有怨言，这次也是丈夫提议要她留下的。是啊，如果美兰一个人留在金港，他们都会更不安的。美兰为什么突然打定主意留在金港读书呢？美兰虽是任性，可她聪明有头脑，她不会无缘无故做出这样选择的，可是到底为什么呢？苏兰馨一直百思不解。

苏兰馨在办公室里专心地翻阅破天编印的一本古琴曲集，她已告诉了王先生，不用开车来接她，她准备花点时间多看上几页，然后漫步走回去。翻开了一首《燕双飞》的曲谱，苏兰馨立刻想到破天和韩月莹，他们俩是同学又是同事，一直相处得很好，两个人又都品学兼优，是一对有才有貌的好青年，真是两只比翼双飞的紫燕，祝愿他们幸福，早成连理。想到这里苏兰馨摘下了眼镜，抹抹眉头，不对呀！破天和韩月莹要是相爱，为什么这几日见韩月莹，她有些无精打采精神不振呢？还听说她想回家乡青山县城去教书，这又是为什么？如果她爱着破天，怎么会离开金港丢下破天？

苏兰馨戴上眼镜走到窗前，看着一片绿色的草坪，忽然看见美兰像只鸟儿一样飞进了大楼，苏兰馨心中一喜，美兰真的懂事了，一定是来接自己一同回家的，她心里甜甜地等待着，可是许久却不见美兰到来。苏兰馨转到另一个窗口张望，猛地看见美兰挽着破天走来，美兰紧紧地依着破天，来到楼道转拐处，这里四下无人，美兰停住了脚步扑上去抱住了破天，破天和美兰热烈地拥抱亲吻。

啊！苏兰馨的胸口“怦怦”直跳，眼前这一幕给她解开了许多疑惑，美兰为什么要留在金港，韩月莹为什么想回青山，都是因为破天。世上的事谁能看得准，谁又能理得清呢？自己还一直把美兰看作是个单纯幼稚的小女孩，以为她爱同破天在一起，也只是大哥哥和小妹妹般的亲密。苏兰馨也责怪起自己来，两个青春似火的青年人，成天绕着自己转，自己到现在才发现他们在恋爱，自己也年轻过哇，为什么毫无察觉。唉，只是委屈了韩月莹，这么好的女孩，一定很痛苦，一定在受着折磨。

苏兰馨回到座位上，心中又渐渐滋生起几分欣喜，美兰真有眼力，她回金港才几天，就一下看中了破天，两人的感情又发展这么迅速，真是缘分啊！美兰是个有头脑的女孩子，她从不轻易地向别人表露自己的情感，可见美兰爱破天爱得很深很深。苏兰馨欣慰地点着头，她在心里默默地祈祷着，愿她的美兰和破天幸福，永远相爱。

苏兰馨喝了两口水又坐下了，她手触摸着桌上的曲集，现在感到更是亲切，破天不光是自己的学生，又似亲人了，苏兰馨心里兴奋又激动，更想多翻看几页曲谱。

接连翻过了好几页曲谱，见书中夹有一封信，苏兰馨不经意地看上一眼，只见信的抬头写着："兰馨表妹惠鉴。"这几个字像疾风卷起了波澜，她心中的热浪翻腾起来。苏兰馨仔细地辨认着笔迹，双手抖战不止地找到了信的结尾，署名果然是欧阳鸿，再看看写信的日期，已经过去八年了。苏兰馨心中的狂涛一浪高过一浪，两行热泪滚下来打湿了信纸，苏兰馨想喊叫，想痛哭一场，可是她没有出声，只摘下眼镜擦去了泪水，继续看着信："破天是我的学生，犹如我的孩子，他聪慧，好学，如能受到好的教育，将来定是有用之材，我把破天托付于你，这是愚兄唯一的恳求……"

苏兰馨泪流满面地看完信。啊！难道八年前破天来找过我？算算时间，那时自己正在国外，自己改了名姓，表哥并不知道，所以破天更难找到自己。苏兰馨双手合起掌来，老天啊，老天有眼啊！虽是阴错阳差，可并没有影响到破天的成长，也没有辜负表哥的期望。表哥，欧阳，你在哪里啊！表哥，你放心，我一定把破天看得更重，破天是你的亲人，也是我的亲人！破天啊破天，你同我是怎样的缘分啊，你可知道，你要找的苏兰馨早就在你的身边。

八　群丑显形

邵小武肩背包裹，一手握着一块黄色绸缎包着的长长物件兴冲冲地迈着大步，就快到武馆了，小武心中激动起来。他是从紫霞宫回来，这次他去紫霞宫是向青云道长禀告，自己为了发扬紫霞功夫，在金港创建了武馆，并告知了武馆的开馆日期，同时也想听听道长的训教。青云道长对小武大加赞赏，还说到武馆开馆的那天会派小武的一帮师兄弟下山去为他壮势助威。小武拜别了道长正要走出紫霞宫，青云道长从里面出来叫住了小武，道长双手捧出一块黄色绸缎，绸缎上是一把精工细作的宝剑，小武认识这是青云道长最心爱的“紫霞剑”，小武愣住了。

青云道长上前一步：“小武，这把剑你带去。这把剑以后就是你们武馆的镇馆之宝，用它去披荆斩棘，扫除前进中的障碍，赶走鬼怪魔妖！”

青云道长的话语还在小武的脑子里响着，小武暗下决心，一定要把武馆办好，要在社会上成就一番事业，为紫霞宫争光。武馆的门楼已经高高地竖起来，小武心里激动，急切地想知道武馆内部工程的进展情况。这些日子，彩彩和破天都费了不少心，他们拿出积蓄，几乎每天都要跑来几趟，都把建武馆看成是自己的事。亲人啊，都是他邵小武的亲人，小武绝不会给你们丢脸。小武心头暖暖的，耸耸肩头的包裹，正要跨进武馆，一辆黑色的汽车刹停在他的身边。

“邵小武先生，你好。”车上下来一个头戴礼帽身着西装的外国人。

“你，你……”小武很是惊诧，他站定了，晃动了几下放松着身体。

“邵小武先生，我们认识，怎么不记得了？”外国人耸耸肩头又扬扬眉毛，哈哈地笑起来。

“我们认识？我们认识吗？”小武盯着那外国人的脸，在记忆中搜寻。

“我叫大卫，那一年是你奋力拉住了我的惊马，还记得这件事吗？”

“啊！”小武看着眼前红鼻头的外国人，认出了这个大卫。

“邵小武先生，这几年我一直在金港寻找你，今天我们终于见面了。”大卫伸出又肥又白的手。

小武不知大卫的意图，他没有同大卫握手，只冷冷地问道：

“你找我，为什么？”

大卫笑笑，缩回的手顺势在西装上掸了掸：“邵小武先生，当年我就看准了，你是个英雄，像你这样了不起的人，应该有更好的发展，我寻找你就是希望成就你，也希望你能同我合作。”

“合作？我们能有什么合作？你搞错了吧。”小武觉得真是奇闻，笑了起来。

“小武先生，我真的是请你同我合作，请上车细谈。”大卫向小武摆出手。

小武没动，他对陌生人，尤其是外国人很有警觉，见大卫已上车坐稳，就向前两步站在车门旁：“就这样说吧。”

大卫又耸起肩：“好吧，你们中国的民间流散着很多有价值的东西，我想好好保护它们，不使它们湮灭，不让它们沉埋。”

小武默默地听着，不断揣摩大卫话中的意思。

大卫取下了礼帽，抹了抹卷曲的金发：“我花了很长时间，了解和打听到了两张名为龙与凤的古琴，年代很久，很珍贵，我想把这两张琴带回国去，为你们中国人好好珍藏起来。”

“古琴？”一听说到古琴，小武的思想就高度集中起来，大卫说的古琴中，也许就有自己一直在找寻的欧阳先生的那张琴，他想立刻知道古琴的下落，“大卫先生，你说下去。”

“龙凤琴我虽探得了些线索，若想得到手，可能不太顺利。邵小武先生，希望你能助我一臂之力，事成之后，你要洋房、汽车都可以，你想去海外也行。小武先生，愿意吗？”

小武此时最想知道古琴到底在哪里，他没有回答大卫的话，只是点点头。

见小武点头，那一定是同意了，大卫笑着舞动起双手：“太好了，太好了！”

小武还是没吭声，他只想知道古琴的下落。

“邵小武先生，以后会有一个叫金大用的人同你联系。”

“金大用？”小武心头一震，彩彩的爸爸怎么同洋人混在一块了，还勾结起来抢夺我们中国的宝贝，小武气愤地捏紧了右手。

“邵小武先生，今天我们的见面很愉快，相信我们的合作一定顺利。”大卫说着从皮包里拿出一沓英镑，“小武先生，这些先拿着用，以后会有更多。”

小武推开大卫的手：“无功不受禄，免了！”

大卫看着小武冷冷的脸色，尴尬地笑笑：“好，那就以后再说吧。”

大卫又要同小武握手，一眼看到时小武左手上的黄色绸缎里露出了红色的穗子，十分好奇：“这又是什么？”

小武厌恶地瞟了大卫一眼，没有出声。

“小武先生，能让我看看吗？”大卫揉揉红鼻头，眼睛直盯着红穗子。

小武为了得知古琴的消息，便忍住气将手中的黄绸缎递过去。

大卫掀开绸缎，啊呀，是一柄剑，只见剑鞘上镂刻出精细的蟠螭纹。大卫握住剑柄，缓缓抽出剑，只见寒光四射，他瞪大着眼睛看着锋利的剑刃，大叫着："好剑呀，好剑！"

看着大卫垂涎欲滴的丑态，小武不禁揶揄出一句："是不是也想带去国外啊？"

大卫干笑出两声，笑得很不自然。

"我们中国遍地都是宝藏，中国人自己会保护好的。中国人的东西你们拿去做什么，又不是你们老祖宗留下来的。"小武越说越有气，一把拿回了剑和绸缎。

大卫拍拍手耸耸肩，一副满不在乎的模样，话语仍是热情又响亮："邵小武先生，祝我们的合作愉快，再见！"

小武看着汽车一溜烟就不见了，心中还在愤愤不平。忽然他一跺脚，不好！金大用已经同洋人狼狈为奸了，彩彩肯定还不知道她爸爸在干些什么，要赶快去找彩彩，同彩彩商量出办法来。

听了小武的一席话，金彩彩大吃一惊，自己的爸爸这些年来在外面干的竟然都是这样的事，太让人气愤，太丢人，太没有骨气了！彩彩越想越气，气得泪水滚滚直流。

"彩彩，我们一定要阻止你爸爸，绝不能让洋人得逞。"小武义愤填膺。可一转念，光气愤有什么用，得想出办法呀，"彩彩，你打算怎么办？"

彩彩止住了眼泪，转动转动眼球，抿着嘴笑了："这事不难，我爸爸最疼我，以前只要我想什么，他立刻就办到了，我相信我能劝住他。”

“你真的行吗？”小武觉得事情不那么简单。

“我爸把我当作宝贝，我一说他定会立马就改变主意，有我在他面前，金山银山都不足为奇。”

“彩彩，我们要把事情想得复杂点，何况这的确是个非常复杂的大事情。”

“怎么，你不相信我？”彩彩背转身去。

“那，那就试试吧。”小武牵起彩彩的手，“我也希望你能说服你爸，不过……好吧，我同你一起去，我想知道他们说的古琴是不是欧阳先生的那张琴。”

彩彩回过身来，抚摸着小武的手：“小武哥，你不知道我爸的脾气，当着你的面，他不会放下架子，更不会认错，甚至还要找碴出气。”说到这里彩彩又笑起来，“这次你别去了，我一定马到成功。”

“也好，我等着你的好消息。”小武深情地吻吻彩彩的秀发。

金大用在书房里一根烟接着一根烟抽着，烟灰缸里已堆着满满的烟蒂，他躺在沙发上紧闭着眼睛。

“爸爸。”彩彩进了书房。

“啊呀，我的宝贝女儿回来了，快来，快坐到爸爸这里来。”金大用睁开眼坐正了身体。

彩彩走过去："爸爸，你遇到什么烦心的事了？看这满屋子里都是烟味。"彩彩转身打开了书房里所有窗户。

金大用叹出口气："爸爸是为生意上的事，唉，有很多的烦心事啊。"

彩彩在金大用的身边坐下："爸爸，你上了岁数，就不要再到外面闯荡了，我们一家人在一起过着安稳的日子，不好吗?"

金大用抚着彩彩的肩："爸爸还不都是为了你吗？为了我的彩彩过上富足的日子，等爸爸再干上几笔，你也不用在医院上班了，你上班又累又担风险，我天天都在牵挂着你呀。"

彩彩侧过身来："爸爸，你近来在忙什么生意呀?"

"我嘛，"金大用嘿嘿两声，大金牙露出了少许光亮，"爸爸做的事你不懂，你也不必知道。"

"可我知道呀。"彩彩眨着眼睛，一副顽皮的模样。

"你知道，你知道什么?"金大用放下两条腿，严肃起来。

彩彩见金大用有几分紧张，更有些得意："我知道你要把我们中国的宝贝送到外国去，是不是?"

"你怎么知道的？你是听谁说的?"金大用坐不住了，霍地站起来。

彩彩也站了起来，面对着金大用："爸爸，我们是中国人，中国人是有骨气的，不能为了些蝇头小利，就帮着洋人来抢我们老祖宗留下的东西……"

“胡说！你竟敢教训起老子来，老子为了什么，还不是为了你们母女衣食无忧，你看看这家里所有的一切，不都是老子挣来的!”

见金大用气喘吁吁地瞪起大眼，彩彩放缓了语调，上前握住了金大用的手：“爸爸，听女儿一句话吧，不要同洋人搅在一起，不要为洋人做那些不义的事，女儿宁愿过着粗茶淡饭的日子，也不愿你被人唾弃。”

“唾弃？谁唾弃我，有钱老子就是爷，只要能挣到钱，老子什么都不顾，能挣到大钱，老子更不在乎什么中国人、外国人!”

“爸爸，彩彩求你了，千万别把那两张古琴送到洋人的手中。”彩彩拉住金大用的手连连摆动。

“混蛋！你居然敢在暗中打听我的事，你这个不知天高地厚的丫头，老子的事不用你管，你也管不着。”金大用气得一扬手，把彩彩甩得很远。

周桂贞听到书房里的声音越来越高，她担惊受怕地走进来，一把接住了被甩过来的彩彩，她紧搂着彩彩，浑身筛糠似的抖战起来。

金大用见周桂贞来了，火气更旺：“都是你宠的，惯的，把彩彩惯成什么样子了，今天她竟然来管教老子了，老子在外面拼死拼活，让你们在家干享清福，今天倒要受你们的指责。”金大用气急败坏地直指着周桂贞，“就是你，罪魁祸首就是你!”

周桂贞默不作声，泪水却滚滚地落下来，她扶着彩彩走了出去。

出了书房，彩彩就紧抱住周桂贞："妈妈，妈妈……"

"彩彩，有话好好说嘛，唉……"周桂贞也不知如何安慰彩彩。

彩彩猛地抹去了眼泪，用双手理理头上的乱发，拿起自己放在桌上的小包冲出大门。

"彩彩，彩彩！"周桂贞跟在后面连连呼叫，大门"砰"地一声关上了。

彩彩掩面刚出了大门，邵小武上前一把拉住了她。

"小武哥，你怎么在这里？"

"我在等你呀，"小武看着彩彩脸上的泪痕，已经明白了，他拉着彩彩快走了几步，来到一个僻静的地方。

"彩彩，你爸悔悟了？"小武轻声地问道。

彩彩的眼泪又流出来："我从来没见过他那样凶狠可怕的脸，他也从没有那么粗暴地对待过我，这是怎么啦，怎么啦？"

"彩彩，如果你爸他一意孤行，事情就复杂了。"小武紧搓起双手。

"有什么复杂的，如果我们不能改变他，以后就离他远点。"

"不，彩彩，不是那么简单，古琴是我们中国的宝贝，决不能让它流落到国外，况且……我一定要阻止他们，这里面也许就有欧阳先生的琴，我把先生的琴弄丢了，这么多年我一直在苦苦寻找，怎么能眼睁睁地看着先生的琴落到外国人的手里，如果那样我怎么对得起先生！”

“小武哥，那怎么办呢？”彩彩也感到了事情严重。

小武揪紧着眉头：“彩彩，现在只有这样，你快回去告诉阿姨，叫她盯紧着你爸，家里来了什么人，他们谈些什么话，都要看清楚听仔细，一有情况马上来告诉我。彩彩，你在家里也别再说什么了，要多留神，多观察，一刻也不能松懈。”

“好吧。”彩彩觉得头脑中乱哄哄的，浑身一点力气都没有。

“彩彩，你不舒服？”小武扶住彩彩。

“小武哥，你扶我先去河边坐坐，等会儿我就回去。”

萧枫正在书房里对着店里进出的账目，忽听得柜台上传来话：“萧先生，有客人来见。”

一位漂亮的女士出现在书房门口，只见她身着紫色的丝绒长裙，浑身上下珠光宝气，十分耀眼。

萧枫一见，忙站起身来：“是……是熊太太吧，快请坐。”

来人正是雯姐，她大方地跨进书房，在一张椅子上坐下，放下手里金光闪闪的小包。

萧枫递过来一盏香茶：“小店简陋寒酸，熊太太大驾光临，十分惶恐。”

雯姐不住地打量着萧枫：“萧先生……萧先生口才出众，气质优雅，叫人一见就难忘啊！”

萧枫避开了雯姐那含情脉脉的目光，他心里有些慌乱，怕两人这样坐下去会生出什么事来。但又一想，熊太太贸然登门一定有事，自己要沉住气，静观动向，萧枫扬出手：“熊太太，请喝茶。”

雯姐端起茶盏，浅浅地抿了一口，放下茶盏时，一眼看到琴桌上的古琴：“听说萧先生的古琴弹得好，什么时候能为我弹上一曲啊，就弹上一曲《凤求凰》吧。”

萧枫又是一震，但立刻就镇定了：“哪里，我是在瞎摆弄，哪敢污了熊太太的耳朵。”

雯姐收起了笑脸：“萧先生，你的这张琴非同一般啊，琴虽好，可会给你带来麻烦，而且是不小的大麻烦，甚至……”

萧枫想听雯姐讲得更具体些，就毫无表情地默默坐着。

雯姐理理头上的卷发，整整长裙：“萧先生，我实话告诉你，熊海鳌就想着你的这张琴，他要用古琴和那个英国人大卫做一笔交易，去换得跑马场的股份。你若依了熊海鳌就太平无事，可听说你是决不肯让出这张琴，萧先生，你要想清楚，熊海鳌可是什么事都能干出来的!”

萧枫觉得这是在威胁他，就狠狠地抹了抹桌面：“是熊海鳌派你来的?”

雯姐冷笑一声：“不是，我来这里，他并不知道。”

“那熊太太的意思……”萧枫有些迷惑不解了。

“我是来给你报信的，如果你不想交出古琴，赶快把琴转移到安全的地方，或是带着琴离开金港。”

“啊，熊太太，你为什么要帮助我？”

“为什么？”雯姐仰起头来嘻嘻一笑，笑声未停又长吁出一口气，“因为，我们有缘啦，要是早两年遇见了你，我就决不会嫁给熊海鳌，如果……”说到这里，雯姐不住地摆着头：“我以为有了金钱，就有了一切，自从见到了你，我才像从梦中惊醒，啊，还有金钱买不到的呀，萧先生……”

萧枫越听越紧张，不由得推推眼镜站起来。雯姐的脸上飞起两朵红云，她理理长裙的领口，也缓缓地站起来。萧枫心里更是慌乱，只见雯姐对他嫣然一笑，移动起脚步向他走来，萧枫一下转到了椅子后面，猛地推开了两扇窗，外面的街道上来来去去满是人，阵阵喧嚣声扑进屋来。

雯姐立即止住了脚步，她轻轻地叹息一声：“萧先生，真不应该见到你……请多珍重。”说罢一扭身，拎起小包大步地走出去。

萧枫如释重负地长长出了一口气，又连连地摆起头。

八

邵小武急速地蹬着三轮车，彩彩昨晚来告诉他，周桂贞这几天时时留意着金大用，昨天下午家里来了一个人，同金大用在书房里密谈，周桂贞从门缝里听到他们是在说古琴的事，他们约好今天早上九点钟在四方旅馆前会合，带上那人的古琴去见英国人大卫。

邵小武来得太早，把车停在马路的转拐处远远地等着，他目不转睛地紧紧盯着四方旅馆门口，注意着从旅馆中进出的人。等了很久，小武不觉伸起懒腰，这时一个头发梳得很光，身着长衫的人，一手托着腋下夹着的琴盒走出旅馆，小武正要驾车过去，忽然横冲过来一个人，那人满脸的伤疤，手脚也不灵便，只见那人扑上去，紧紧抱住了穿长衫的人。

“吴心善，吴心善！还我的琴，还我的命来！”那伤残的人狂叫起来。

那个叫吴心善的被抱得透不过气来：“你是谁，你是谁？”

“我是秦乃何，是你害不死的秦乃何，还我的琴！”

“啊！”吴心善大惊，他竭力地在摆脱秦乃何，可两个人抱得更紧，推拉中两人双双倒在地上。秦乃何用右手死死地掐住吴心善的喉咙，两人在地上翻滚扭打。吴心善腾出一只手来招架，可是被秦乃何勒住了脖子，他吸不进气，吴心善难受得猛地放开了双手，来与秦乃何厮打，手中的琴盒由于用力过猛，“轰”的一声被抛得很远。

邵小武立刻赶过来，拾起琴盒上了车，飞快地离去。

这时从另一个街口匆匆忙忙地赶来了金大用，他先去了小武的武馆，准备要小武驾车来护送他们。见小武不在武馆，他便快速地跑来。一看吴心善同一个人在地上扭打，再一看，见邵小武拿了琴蹬车走远了。金大用的心里还有些得意，这邵小武还很听话，莫非是愿意同他合作了，他定是拿了琴在家里等着自己。

金大用向地上还在滚打的人大声喝道：“别打了，别打了！”

地上的两个人都已筋疲力尽，金大用拉起吴心善就走。

秦乃何瘫在地上，眼睁睁地看着吴心善走了，他捶着地哭叫着：“还我的琴呀，还我的命！”

邵小武带着古琴立即去找破天。破天打开琴盒，只见琴弦已断，琴上的岳山处断裂开，破天仔细看了又看，摸了又摸，说道：“小武哥，这是张好琴，可不是先生的琴。”

“不是呀？”小武非常沮丧，“那怎么办呢？”

“我们去找兰老师。”

苏兰馨看着眼前这张残破的古琴，眼里湿润了，这么好的琴，千百年流传下来的珍宝，为什么要受如此的摧残！

“兰老师，这张琴……”破天轻声地问道。

“这是‘凤琴’，是张难得的好琴，和它鸳鸯相配的还有张‘龙琴’。”苏兰馨指着琴上的龙池处，“那张‘龙琴’在这里也有一行字，刻着‘龙吟乾坤靖’。”

“‘龙吟乾坤靖’？啊，那就是我先生的琴。”破天记起欧阳鸿曾指给他看过琴上的那几个字。

“是的，那是你先生的琴。”苏兰馨望着窗外，随口答道。

破天好奇了：“兰老师，你认识我先生，认识欧阳鸿？”

“认识，我们是故交。”苏兰馨的声音很轻，很柔和。

“啊，太巧了，真是太巧了。”破天有些兴奋，可是想到先生，声音就低了下去，“要是……”

“破天，你先生还好吗？”苏兰馨问出了这些日子以来她最想知道的事。

破天伤心起来：“先生几年前就去世了。”

“啊！”苏兰馨如千斤大棒迎头袭来，她晃了两晃，赶忙坐下来镇定住自己，在破天他们面前不能失态，决不要失态，老一辈的事他们是无法理解的。苏兰馨伸长脖子深吸了一口气，心里才缓和了些，她心里不住地默念着：“表哥，欧阳……”

小武见大家都默不作声，想打破这压抑的气氛：“兰老师，这琴怎么办？”

苏兰馨恢复了常态：“这琴我去找杜先生，让他帮忙修整。听说有人正在寻找这对龙凤琴，不知是什么企图，外面太乱了，这张琴修整好了就先放在我这里。”

金大用在家里等了一个下午，都不见邵小武的影子，他一跺脚：“不好，这狗日的邵小武和我不是一条心，他把琴抢走了！”

金大用越想越气，来回不停地走动，点上一支烟深吸一口，又看看大门，他还是希望邵小武突然带着琴回来了。

金大用烦躁得耐不住了，正要出门，只见彩彩回来了。他劈头就问：“邵小武呢？”

彩彩看了金大用一眼：“我怎么知道？”

“你不知道？邵小武把我的琴拿到哪里去了？”金大用气急败坏地吼起来。

“你的琴？”彩彩又瞟了金大用一眼。

“彩彩，你带我去找邵小武，这狗日的是个吃里爬外的，他不帮着老子，就别想和你在一起。走，彩彩快走！”

“上哪儿？我不去。”彩彩站着没动。

“好啊，我是白疼你了，关键的时候你也来和老子作对！”

“爸爸，”彩彩很镇定，“你做得对的，彩彩一定支持你，可是你在邪道上……”

“放屁！”金大用暴跳起来，“今天要拿不回我的琴，我决放不过你们。”说罢拖住彩彩就要往外走。

“爸爸，请你自重，彩彩已经不是小孩子了，谁是谁非我很清楚，希望你罢手吧。”

“罢手？老子决不罢手，老子还斗不过狗日的邵小武啊，你带我去找他。”

彩彩愤怒地甩开金大用的手，由于用力过猛，金大用被甩倒在桌边。

金大用摸摸被桌拐碰破的头皮，手上满是鲜血。金大用跃起身体，向彩彩挥起拳头。

周桂贞早就从厨房里走出来，此时她扑过去护住彩彩，金大用的拳头全落在周桂贞的身上，周桂贞被打得瘫倒在地。

“妈妈，妈妈。”彩彩抱住周桂贞，连声地哭叫着。

周桂贞慢慢地爬起来，她喘息出两声，用手直直地指着金大用，大声说出话来：“平时我忍气吞声，没想到你在外面会不干好事，你的那个姓吴的同伙害人性命，夺走人家的宝贝！”周桂贞越说越气，“金大用，我周桂贞母女不再受你欺负了，你走，你离开这里，这个家里没有你！”

金大用这一番折腾，他又气又恨又悔，像个烂柿子蜷缩在沙发上。

秦乃何望着吴心善奔跑离去，他仰天号啕大哭，深仇大恨报不了，却看着仇人从他眼皮底下跑了。秦乃何哭累了，无奈地爬起来。

秋风一阵比一阵紧，一阵比一阵凉，秦乃何漫无目的地走过一条街又走过一条巷，往事一幕幕地出现在他眼前。

秦乃何的家庭虽不算富裕，但日子过得也还舒适，父母念儿子的身体单薄，给他置了十几亩田地，靠收租也够生活。父母还把传家的一张古琴留给儿子，因为秦乃何自小左手的中指和无名指就有残疾，所以他虽懂一些古琴上的弹奏技法，自己却弹不好，结婚后，他有时教教妻子弹拨琴弦，有了儿子，他就想培养儿子学琴，自己教不了，他正在寻找能教古琴的先生。

那天妻子领着儿子去哑巴表姐家，家里来了他的同窗好友吴心善，吴心善说自己特来传信，镇上来了一个善弹古琴的先生，还愿意收学生，叫他带上琴一道去镇上。秦乃何同邻居说了一声，便同吴心善离开了家门。

来到镇上秦乃何没有见到那弹琴的先生，吴心善硬拉着他去了一个酒馆，吴心善东拉西扯地谈天说地，又同秦乃何连连碰杯，秦乃何平时不喝酒，几杯酒下肚就有些晕乎乎的了，吴心善又强灌了他几杯酒，他就伏在桌子上不动了。秦乃何隐隐约约记得陪他出酒店的人是鲍六，鲍六是镇上有名的无赖。秦乃何记得鲍六先还扶着他，后来就推推搡搡地走了好些路。突然他听到鲍六大喊了一声，就感觉到背后受到了猛烈的撞击，他就什么都不知道了。大约是第二天了，太阳升得很高时他醒过来，发现自己被挂在悬崖上伸出来的一棵松树上，松枝在“吱吱”地发出声响，秦乃何十分恐慌，还没抓牢树干，松树的枝丫折断了，“轰”的一声，秦乃何摔落在山谷里。血肉模糊的他不知过了多少时间才醒来，他的脑子里已不记得过去的所有事情。秦乃何的腿瘸了，手断了，更不知道自己的家在何处，家里有些什么人，甚至自己叫什么名字都不清楚，口中发出的声音也是含糊不清。秦乃何一瘸一跛地走出了山谷，他一路乞讨四处流浪，也不知过去了多少年，他像个幽灵在这人世上飘荡。

居云山上，漫天飞雪寒风凛冽，秦乃何蜷缩在居云寺的山门前，弘懿法师看到这个冻得快要失去知觉的残疾人，十分怜悯，便叫小和尚把他抬进了居云寺，得了温饱秦乃何又活过来一条命。老法师把他留在居云寺里做些粗活，并为他疗伤，几年过去了，秦乃何的头脑渐渐地清楚了些，嘴里也能说出简短的话来。自打弘懿法师领他去了紫霞宫，吃了青云道长的丹药，更是一天好似一天，往事越来越清晰地在脑中活起来，他向老法师哭诉自己的遭遇和苦难，要辞别法师回去寻找他的妻儿。弘懿法师听完他的一番话，大为吃惊，想不到这苦人儿竟是破天的亲生父亲，老法师告诉他破天的下落，又给了他些盘缠，要他先回家寻找到妻子。秦乃何来到了当年的香里秦，只见遍地荒草和一些断梁残木，没有了一个人。秦乃何这才决心去金港找破天，刚踏上了金港，还没问起破天学校该如何走，不想昨天傍晚在四方旅馆门口看到了吴心善，仇人见面分外眼红，秦乃何正要扑上去，吴心善已大步地进了旅馆，秦乃何想追进去，被店主人拦下了。秦乃何便整夜守在旅馆门口，直到早晨吴心善出现了，才有两人滚在地上厮打的一幕……

秦乃何腰中没有分文，肚中饥饿难忍，加上昨天一夜未睡又厮打了好一阵，现在他是悲愤不已、筋疲力尽。一阵秋风吹来，他身上像被凉水浇透了，他一步一瘸地挣扎着向前走，破天的学校还不知在哪里，偌大的金港他都辨不清东南西北。他越走越慢，身体越来越沉，他担心自己就要倒在大街上，大仇未报，儿子还没见到，就是死了也不能闭眼呀！秦乃何紧咬着牙关，缓缓地移动脚步，突然看到前面一家店铺上挂着“梅溪茶行”的牌匾，秦乃何眼前一亮像看到了救星，“梅溪”不就是自己的家乡吗？家乡遍地都是好茶，这茶庄一定是家乡人开的。秦乃何赶忙上前几步，正准备打烊的老人是梅溪人，问明了秦乃何的情况十分同情，领秦乃何进了店，还为他做了吃的，然后把他安排在锅灶边上的一张小床上。

秦乃何睡眼蒙眬中仿佛置身在自己的家中，正用他那弯曲的手指在拨弄琴弦，他猛地睁开眼，四周黑乎乎的，这才清醒，明白了自己身在何处。可是耳中确有琴声在响，琴声婉转哀怨，似在倾诉着无穷无尽的思念，一拨一弹都挑动着秦乃何的心弦，一音一声又都似在为他而倾泻。秦乃何眼中含着泪水悄悄地爬起床，他寻着琴声慢慢摸索着向前，想把琴声听得更真切些，秦乃何在书房门边停下。

书房里萧枫的两只手时缓时急地抚动琴弦，他的内心翻江倒海一般，两行泪水夺眶而出，滚下的泪水直打在琴面上，萧枫掏出手帕，拿下眼镜擦去了泪水长叹一声。

这时书房临街的窗户被撬开，一个身影跃进书房，只见那人手提着一把雪亮的短刀，这人就是鲍六。鲍六得知明天熊海鳌就要派一批人来抢走古琴，鲍六先下手为强，今晚就来夺走古琴，然后去大卫那里领赏钱。

秦乃何迎着灯光一眼就认出跳进书房的是鲍六，又是一个仇人，秦乃何随手拿过一根靠在门边的粗木棒，他控制住自己的情绪，静静地守候着。

鲍六扬起短刀，大声一呼：“呔！萧枫，交出古琴就饶你一条性命。”

萧枫吃了一惊，忙站起来，看着闪光的短刀他心里害怕，但还是壮着胆子叫起来：“蟊贼，给我滚出去，我要大声一呼，你是逃不出去的！”

鲍六高举着短刀，一步步地逼过来，萧枫转到书桌边，两人隔着桌子对峙着。鲍六急得跳上一步，正要对着萧枫砍下去，秦乃何早就赶到鲍六的身后抡起粗木棒，两手合力地打下去，鲍六应声仰面倒下。

惊恐万状的萧枫，不知从哪里又来了个手挥木棒的人：“你，你是……”

秦乃何大声地吼起来：“这个鲍六是我的仇人，他害过我的命，夺走了我的琴！”

“鲍六？”萧枫看看地上那个行凶的人，好像有些面熟，再仔细一看，正是他到处寻找的仇人鲍六，萧枫更迷惑了，鲍六怎么也是眼前这个人的仇人，也夺走了他家的琴？

“请问，你是哪里人？”萧枫问起来。

“我的家乡在梅溪县香里秦。”

“你……你的名姓？”

“我叫秦乃何。”

“秦乃何，乃何，乃何，你还活着！”萧枫过来一把抱住了秦乃何痛哭失声。

“你是?”秦乃何一头雾水，丢下了手中的木棒。

“我是你的蕴澍啊!”萧枫忙摘下眼镜，脱去了长衫，露出一身女人的红色内衣。

秦乃何看着面前的人，大大的眼睛，高高的鼻梁“你是蕴澍，你真是蕴澍?”

萧枫满脸泪水，使劲点着头。

“我在做梦吗?我是在梦中吗?”秦乃何狂叫着。

“不是梦，蕴澍就在你的面前。”萧枫泣不成声。

秦乃何一把抱紧了萧枫放声大哭:“蕴澍啊，蕴澍啊，我们真的见面啦!”

秦乃何与萧枫紧紧地搂抱在一起，夫妻俩脸贴着脸放声痛哭，泪水流在了一起。

鲍六慢慢醒过来，他晃晃悠悠地爬起来，拿起短刀扶着墙，仓皇而逃。

九　众英护宝

萧枫原名叫萧蕴澍，她是秦乃何的妻子，破天的亲生母亲。

那年，萧蕴澍领着破天去哑巴表姐家，回来后听邻居说秦乃何去了镇上。可是天已经黑了，还不见丈夫回家，她担心起来，心绪不宁地熬了一整夜。第二天又等了一个上午，还不见秦乃何的影子。她等不得了，早早地做好饭吃了，香里秦村离镇上很远，她要急着赶去赶回。怕破天人小走不了许多路，就嘱咐破天好好待在家里，说自己下午就回来。又去同隔壁的老奶奶招呼了一声，请她照看些破天，萧蕴澍知道吴心善在镇上的住处，就急匆匆地向镇上赶去。

萧蕴澍见到了吴心善，吴心善十分吃惊地说道："怎么乃何没有回家？昨天傍晚时我请鲍六带着古琴扶着乃何回去，还一再叮嘱要把乃何一直送到家的呀！"

萧蕴澍又去找鲍六，鲍六家中早已经是空空荡荡没有人影了，萧蕴澍觉得不妙，又转回去再找吴心善，吴心善也没有了踪影。

萧蕴澍还抱着一线希望往回赶，幸许乃何早就到家了，自己要快些回去，破天还在等着自己。走到镇口，那里聚着许多人在指手画脚地议论纷纷，一打听才知道镇口的那横跨小河的木桥，在半个时辰前忽然坍塌了，萧蕴澍心里想着，怪不得自己来镇上过这木桥时，桥已在摇摇晃晃，还“吱吱”直响。哎呀！桥塌了就无法过河，萧蕴澍更急了，要过河需到下游三十里路的地方才有渡船，天已经黑下来，要去渡口还要翻过两座大山，萧蕴澍没有犹豫，理理乱发紧紧衣服就向河的下游奔去。

没走多远天上就飘起了雪花，雪越下越大，又刮起了风，风卷着雪花在夜晚的荒野上肆意地狂舞。萧蕴澍挣扎着爬过了一座山，前面的山路更陡更滑，萧蕴澍浑身酸痛软弱无力，腿越来越沉重，头上却是汗水淋漓。她走一步喘一步，五脏六腑像被火在炙烤。她忽然眼前一黑，倒在了一个小小的庵堂门前。庵里的师太给她喂了姜汤和稀粥，萧蕴澍睁开眼还不明白自己身在哪里，又一头栽倒，直睡到第二天的中午。

漫山遍野积着厚厚的白雪，北风吼叫着给隆冬的严寒助威。萧蕴澍一醒来就扶着墙往外走，她要赶回家，破天在等着她，破天一定等得非常着急了！秦乃何也一定在寻找她。师太知道劝不住这个归心似箭的女人，便拿了两块米糕给她带上，萧蕴澍一步三晃地出了庵门。

第二天的清晨萧蕴澍才赶回香里秦，可是整个村庄已经变成了一片废墟，断壁残垣中弥散着浓烈的碳焦味，烧残的木料还在冒着缕缕紫烟，香里秦分明发生了一场大火灾。萧蕴澍欲哭无泪，直挺挺地倒在了雪地上。

萧蕴澍昏睡了三天三夜，醒来时，哑巴表姐打着手势告诉她，村上有人看见破天在起火前就离开了家，还说并不见秦乃何回来过。萧蕴澍连喝了两大碗米粥，又向表姐要了几个馒头和零钱，就上路了，她要去找破天，要去寻丈夫。

萧蕴澍跑遍了梅溪县，走过了同梅溪相邻的十多个县城和乡镇，都不见丈夫和儿子的踪迹，连一点音信都没有探到，可是萧蕴澍不肯罢休，她要一直找下去。她给大户人家洗衣做饭，为小餐馆洗刷碗盏。因为她出身书香门第，从小就识文断字，所以还能教教小孩识字，或是给小商店里打打帐。萧蕴澍就这样游走在四方，越走路越远，越找路越长。她曾绝望地倒在一座古窑中，昏睡中做了一个奇怪的梦，梦中她去世多年的老父亲对她说："若能见到同你颈上一模一样的玉坠时，你们夫妻母子就得团圆，就能欢聚了。"萧蕴澍双手捂着颈项上的玉坠鼓起了信心，她时时记着这个梦，她坚信这个梦一定能成真！

萧蕴澍流落在邢家大院十余日了，她在邢家专管做菜，这些年萧蕴澍在漂流四方中见多识广，能烧出一碗碗可口的菜肴。在闲暇时她常陪着邢家小姐邢巧云描花绣朵，所以邢家一再挽留着不让她走。

邢巧云虽然常和萧蕴澍在一起，话却不多，她成天揪紧眉头，还不时地叹息，她的脸色越来越苍白，夜里咳嗽得厉害。萧蕴澍几次想同邢巧云谈谈心，都被邢巧云的冷漠打消了念头。

春寒叫人难耐，细雨绵绵不断，邢家大院的夜晚死气沉沉。萧蕴澍正想着自家不幸，忽听得邢巧云的房里传来哭声，这哭声紧揪着萧蕴澍的心，她想去看看邢小姐，可一提步想到了邢小姐那冷冷的神情，她又转了回来。哭声在风雨的深夜中十分凄惨，那一阵比一阵剧烈的咳嗽声更是撕裂人心，萧蕴澍实在坐不住了，去厨房里做了一碗冰糖雪梨，端着碗轻轻走进邢巧云的房中，见邢巧云伏在床上。

"小姐，吃点雪梨咳嗽会好些。"萧蕴澍把碗放在桌上。

"啊，萧姐。"邢巧云止住了悲声，用手绢不住地擦着脸。

"小姐，吃了雪梨早些安歇吧。"萧蕴澍说着就向外走去。

"萧姐，"邢巧云叫住了萧蕴澍，从床上下来，"别急着走，坐一会吧。"

萧蕴澍转过身来，在桌边的一张椅子上坐下。

邢巧云坐在另一张椅子上，她双手捧起冰糖雪梨，一阵咳嗽逼上来，咳得她头上出汗气喘吁吁，她摇着头放下碗，把碗远远地推开。

"小姐，你要保重啊，即使有天大的事，身体才是最重要的。"

两行泪水从邢巧云的眼中滚滚落下："萧姐，你来我家已有多日，我看你是个能干又善良的女人，我有满腹的苦楚无处诉说，萧姐，今晚你多陪陪我，我要把心中的苦水全倒出来。"

邢家、欧阳家已订下了亲事，就在邢老爷要送女儿过门的时候，新郎欧阳鸿带着古琴离家出走了，走得无影无踪，这晴天霹雳一下击倒了新娘邢巧云。邢巧云一向对欧阳鸿有着好感，特别欣赏他弹得一手好琴。她曾美美地想过，今生能嫁与欧阳鸿是她最大的幸事，她满怀欣喜地盼着欧阳家来迎娶，不想发生了这样的变故。后来邢巧云才得知欧阳鸿和她表妹苏兰馨早有盟约，要成为一对自由自在的鸳鸯鸟。苏兰馨她也认识，确是个有才有貌的女子，可是终身大事怎么能自作主张，没有父母之命，没有媒妁之言成何体统！欧阳家与邢家可是三媒六证订下的亲事。欧阳和邢家的亲事已定，苏兰馨一气之下就离开了故土，远走天涯，接着欧阳鸿又失踪了。日夜期盼的洞房花烛夜霎时间成了泡影，邢巧云偎在家中终日哭哭啼啼。

"萧姐，"邢巧云接着说下去，"后来我父母年纪大了，身体越来越差，在北方的哥哥就来把他们接走了，哥嫂要我也同去北方，我怎么能走呢，我要在这里等着我的丈夫，有朝一日欧阳鸿会来接我的。唉，现在这邢家大院里只剩下我孤苦伶仃一个人。"邢巧云说着又哽咽起来。

"小姐，你要想开些，留得青山在，就有希望。"

“我是有过希望，希望欧阳鸿早早回头，希望他来接我，因为我是他的妻子呀，我一直在等他，等他……”说到这里，邢巧云又呛咳不止。

萧蕴澍站起来，转到邢巧云的身后，在她背后上下抚摸轻轻地拍打。

邢巧云一把握住了萧蕴澍的手：“我恐怕等不到那一天了。”泪水滴在萧蕴澍的手上，“萧姐，我拜托你一件事。”

“什么事，你说吧。”

邢巧云慢慢走向床边，从枕头底下拿出一方丝帕走回来：“这方绣帕是用我的血和泪绣成的，我要交给欧阳鸿。”话未说完又是一阵剧烈的咳嗽，一声比一声高，“我这身体……不能亲手交给他了。”

萧蕴澍看着展开的绣帕，只见四方粉色的丝帕，一个角上用彩线绣出了几朵云，云彩上托着一只飞翔的鸿雁，图案的对角处绣着一张古琴。

“萧姐，我拜托你，有朝一日见到了欧阳鸿，请把这绣帕交给他，这是我邢巧云的一片心啊!”

“我……可我上哪里去找欧阳鸿呢?”萧蕴澍犯起愁来。

“听说苏兰馨去了金港，欧阳鸿会去找她的，他们一定在金港。”

“金港?”萧蕴澍更是犹豫了，金港在哪里?路远迢迢自己怎么去得了呀！

“萧姐，望你成全我。”邢巧云向着萧蕴澍低下头俯着身体。

望着面前这个病入膏肓的不幸女人，萧蕴澍怎能推辞：“邢小姐，我答应你，一定将这方绣帕交给欧阳鸿。”说着便把绣帕仔细地折好放进口袋。

“谢谢，谢谢了。”邢巧云伏在桌子上号啕大哭起来，哭得天昏地暗，哭得地动山摇。

萧蕴澍一直肃立着，她也想放声痛哭，把自己心中的苦，心中的恨全放出来。

邢巧云伏在桌上不动了，半晌才慢慢地抬起头，显得异常平静，她又握住了萧蕴澍的手：“萧姐，我这里还有些钱财，这些对我已经没有意义了，对你还有用，你带上。”

萧蕴澍离开了邢家大院，又回到了梅溪，她总在想这次也许能在家乡得到些丈夫和儿子的消息，可是仍然使她失望。萧蕴澍迷茫地走在梅溪的山山岭岭中，此时正值清明前后，漫山的树木长出了新叶，遍地的绿草间开出不知名的各色小花，春天展现出它蓬勃的生机。春风扑面吹来，飘散着阵阵茶香，这久违的茶香使萧蕴澍心头一暖，泪水盈满了她的眼眶，她擦干眼泪，脑子里猛然跳出了一个念头：家乡有这么好的茶叶，外面人都不知道，为什么不把家乡的好茶推销出去呢？再一想，邢小姐给自己的那笔钱，加上她在佃农那里又讨得了一些钱，加在一起完全可以做成这件事，不要贪大，慢慢去做。还有这样在外面接触的人多，更可以打听丈夫和儿子的下落，萧蕴澍越想越觉得是个好主意，就强打起精神来说干就干。

这一日，萧蕴澍雇了只小木船运送茶叶，船在行进中忽然天空中乌云翻滚，风势越来越强，船主人知道一场风暴要来了，忙将小船弯进河沟边，直等到风平浪静，天空中出现了彩虹，小船才驶了出来。船主人努力划着桨，正准备力争上游，远远地看见河面上飘来了一个黑色的东西，萧蕴澍坐在船头，渐渐看清漂来的是个长长的木盒子，当那大木盒靠近船边时，她屏住呼吸俯下身体，双手插入水中用力一抱，捞起了檀木做的木盒，她抹去木盒上的水，使劲地打开盒子，里面露出了一个没沾一点水的布袋。啊，这是一张古琴，这么讲究的琴盒和防水的琴袋，里面定是一张好琴。

船家正向这边张望，萧蕴澍笑着一挥手："啊呀，原来是张破琴，定是人家不要丢弃的。"

船家嘿嘿地笑起来，萧蕴澍听出他笑声中的诡异，就提高了嗓门："这破琴我带回去给小孩子玩玩，哎，见财有份嘛，老大，我加你些船钱买酒喝。"

萧蕴澍带着古琴歇在旅店，在昏暗的煤油灯下，她打开琴盒，解开琴套拿出了古琴。萧蕴澍见这琴的形制和琴上的纹饰很熟悉，很像是自己家的那张琴，她轻轻挑动琴弦，声音比自家那张琴要明亮，她拿起琴上上下下、左左右右地看了又看，只见龙池上镌刻着一行字——“龙吟乾坤靖”，这分明就不是自己家的琴了，但从这一行字来看，这琴好像同自家的那张琴却是一对，萧蕴澍奇怪了，还真有着这样相像的古琴。可这张琴为何落在河中，这是谁家的琴呢？

萧蕴澍的茶叶生意越做越兴旺，每到晚上她就要在古琴上弹拨一阵，寄托自己对亲人的思念。萧蕴澍原来就有些弹奏古琴的基础，得到这张琴后，她又去拜了师，学了更多的弹奏技法，加上她天天操练，技法便越来越娴熟，琴声也更是悠扬了。但是她一直有一个念头，这张琴是别人家的，丢琴的人一定在苦苦找寻，应该尽快地找到失主，把琴还给人家。

萧蕴澍的生意做得好，认识的人也就更多，同行们在交谈中常常提到金港，说金港是个大都市，那里人多生意好做，还说金港汇聚了四面八方的人，也汇聚了各处带去的消息和传闻。不少同行都感叹自己的本钱不足，上不了大码头。

萧蕴澍在灯下激情地奏着琴曲《酒狂》，最后的长音落下时，她拿定了主意去金港。去金港开个茶叶店，卖自己家乡特有的梅溪云雾茶，更重要的是想在金港打听打听丈夫和儿子的消息，如果能找到手中古琴的主人就更好了，自己会立即奉还，还有就是邢小姐的托付，到金港如果找到了欧阳鸿，把绣帕交给他，就了结了邢小姐的心愿。可是萧蕴澍又犹豫了，自己一个孤身女人，到那花花世界中去闯荡，既不便行事，也不安全。怎么办，怎么办？

第二天萧蕴澍突然买回了几套男装，她对着镜子穿上了男装，剪去了长发，鼻梁上又架起了一副金丝眼镜。萧蕴澍看着镜子里的自己，想笑又想哭，最后把心一横，就精神抖擞地迈向金港，从此改名叫萧枫。

萧蕴澍说完了自己这些年来的经历和遭遇，泪水打湿了她的衣襟。

秦乃何坐在萧蕴澍的身边，紧紧握住她的手："蕴澍，你受苦了。"

萧蕴澍摸摸秦乃何脸上的伤疤："乃何，你更苦哇！"

夫妻两人的四只手上下来回地抚摩，萧蕴澍一拍何洁卿的手："乃何，你有破天的消息吗?"

"有，有，我就是为了见破天，才来到金港。"

"真的? 是真的? 老天啊，有眼啊!"萧蕴澍激动得眼含热泪合起了双手，"乃何，我们的破天在哪里?"

"破天在音乐学校教书，我还不知道学校在哪里。"

"好，我们现在就去学校，走，快去!"萧蕴澍一把拉起秦乃何。

"蕴澍，"秦乃何笑了，"已经是更深夜半了，我们明天去吧。"

"是的，是的，"萧蕴澍也笑了，"明天我们一早就去，要早哇。"

久别的一对苦难夫妻说了大半夜的话，直到钟楼上敲打了三下后，他们才拥抱在一起迷迷糊糊地睡去。

金大用和吴心善敲开了郁家别墅，气势汹汹地闯进去。金大用在家中窃听到彩彩母女的秘密谈话，才知道了古琴落在了这里，金大用站在花园的中央高声喊起来："还我们的琴！"

吴心善更是吼叫得厉害："还我的琴，还我的琴！"

司机王先生走出来，站在大厅前的台阶上："你们私闯民宅是犯法的，你们不要胡来。"

"把古琴还给我们，我们立马就走，要是不拿出来……"

还没等金大用说完，吴心善就跳了起来："老子拆了你家房子，还要杀人！"

这时鲍六手持短刀，带着一队敞开黑衣的打手，个个手持木棍、大刀冲了进来。鲍六今天早上就带人先去了梅溪茶庄，准备去抢古琴，可是萧枫和古琴都不见了。鲍六忙赶回去，在半道上遇见了熊海鳌，熊海鳌又命他速速来郁家别墅。熊海鳌又是如何知道郁家别墅里藏着古琴的呢？原来是金大用先去那里报告的，大卫招来了熊海鳌商量，要鲍六从梅溪茶庄回来后，速带上一队人去郁家夺琴，大卫又去通知了邵小武，要邵小武也快去接应，小武笑笑满口答应了。

吴心善没料到在这里碰到了鲍六，立刻愣住了："你……"

鲍六先是一惊，接着就竖起双眉：“你怎么在这里？哼！”

这时破天、苏兰馨和美兰出现在大厅外的台阶上，美兰紧依着破天瑟瑟直抖。

苏兰馨厉声说道：“这朗朗乾坤之下，你们成群集队手持凶器来到我家做什么？”

“干什么？我们要古琴，古琴就藏在你家中。”鲍六沙哑地叫起来。

听到这沙哑的声音，破天好生熟悉，再一细看，破天心中一惊，不觉后退了一步，果然是那个恶人鲍六站在自己的面前。看着鲍六手中闪光的短刀，看看正义凛然的兰老师，再看看花园里一班龇牙咧嘴的歹徒，破天胸中的怒火“轰”地燃烧起来，他双手握成拳头，不能让恶人再猖狂，再作恶！在这危难的时刻，自己要壮起胆挺直腰，保护古琴，保护兰老师，自己要做个顶天立地的男子汉，自己要站在最前面。

破天向前跨出一步：“仗着你们人多势众，仗着你们手中的刀枪，你们就能得逞吗？休想！”破天猛地展开双手，右手直直地指向鲍六：“古琴有它的主人，不是你们的东西，你们有什么脸面在这里强行索取！”

鲍六打量起破天，这青年人好生面熟，像是在哪里见过。

“小子，那古琴是我的，是我的传家之宝，不夺回我的琴，老子决不罢休！”吴心善蹦着，跳着，手直指着破天。

听着吴心善的话，鲍六心里骂道："狗日的吴心善也跑到金港来了，还说古琴是他家的传家宝，呸！杀人夺宝的贼子，栽赃灭口的坏种！老子先忍下这口气，以后再收拾你。"

这时，韩月莹领着萧蕴澍、秦乃何走进来，萧蕴澍一手夹着古琴，一手挽着秦乃何。韩月莹一见花园里满是舞刀弄棒、杀气腾腾的人，不好，要出事！她忙领着萧蕴澍夫妻俩，低下头转到了假山后面，她叮嘱萧蕴澍千万不能出去，安排好萧蕴澍与秦乃何，韩月莹就大步地走出来。

鲍六拔出了短刀，气焰嚣张地逼近破天，美兰吓得脸色苍白，连连后退，躲到墙角一边去了。韩月莹一步跃上了台阶，拦住了破天，面对着银光闪闪的短刀，她异常镇定："你们这在干什么？要行凶，要杀人？好，有胆量先从我这里来，一群乌合之众，跳梁小丑！"

苏兰馨气愤地大声说道："这天底难道就没有王法了吗？我们已经报告了警察局，他们马上就来人。"

"警察局？"鲍六嘿嘿冷笑两声，"警察局算什么东西，警察局长见了我们老头子，还要三拜九叩，不要妄想了，快把古琴交出来，我们拿到了琴，这里就太平了。"

"不！"苏兰馨铿锵有力地说出话来，"古琴是我们中国人的宝贝，我们有权利保护，决不会让你们这班人糟践它！"

鲍六见没有吓倒这些人，忙唤过一个身材瘦小的黑衣人，他们耳语了几句，那人立即消失在别墅的后面。

转眼之间就看见别墅的屋顶上滚起了浓烟，司机老王大叫一声：“不好，着火了，赶快救火！”

破天一听起火了，第一反应就是要保护好古琴，破天来不及多说，就跑进大厅直奔上了三楼，只见那瘦小的黑衣人正在东张西望地寻找，破天冲进琴房，紧紧地抱起那残破还未修理的古琴跑出来。那黑衣人见到了古琴上来就抢，两个人厮打着滚倒在地，他们连续地翻扑滚打，从楼梯上滚到了二楼，又从二楼滚到了底层大厅。从楼上救火下来的徐妈情急之中搬起了架上瓷花瓶，狠狠地向那黑衣人砸去，黑衣人不动了，破天紧紧地抱着古琴躺倒在地上，徐妈也吓得晕了过去。

鲍六在外面听到大厅内的厮打和喊叫声，不见那瘦小的黑衣人带琴出来，他非常着急，见韩月莹挡在自己的面前，他高举起短刀：“让开，让老子进去，不然老子的刀真要见血了。”

“不准进！”韩月莹没有退缩，她张开双手向前跨了半步。

正在这时，邵小武和金彩彩带着武馆的人，雄赳赳气昂昂地跨进门来，小武一眼看到鲍六的短刀就要插下去，他一个箭步跳上去，飞起右腿踢中鲍六的手腕，那短刀一下飞上了半空，明晃晃的短刀在空中直打旋。

金大用见小武和彩彩带来一队虎背熊腰的壮士，他的心里就直发虚，腿也在打战，他赶忙隐在围墙边的树荫下。那吴心善见到了小武这一班人，个个正气凛然，人人英姿豪迈，心里就十分慌张，更觉得那飞起的短刀就在自己的头顶上旋转，就要落在自己的头上了，他心慌意乱，胆战心惊地往后挪步，脚下一个不稳向后倒去，那光闪闪的短刀不偏不倚地直插进了他的胸口，吴心善当即毙命。

金大用见吴心善死了，更是慌张，头上直冒冷汗，他乘着混乱，抖抖战战地移动着脚步，扶着围墙溜出了大门。

“破天受伤了!”美兰在大厅里哭喊起来。

一听破天受伤了，彩彩紧跟着韩月莹后面进了大厅。这时萧蕴澍、秦乃何听说儿子受伤了，心痛如绞，可外面的两队人正摆开了阵势挡在他们的前面，他们一时无法出来，更重要的是要护住手中的古琴。

一阵混战打得天昏地暗，鲍六这边人耍起大刀舞着棍棒，仗着人多势众一哄而上。可他们哪里是武馆这班英雄豪杰的对手，武馆的健儿们虽是赤手空拳，可是他们身手矫健，踢飞了歹徒手中的匕首，夺过来大刀棍棒，把他们打得落花流水，一个个屁滚尿流地抱头逃窜。最后只落下了鲍六，邵小武上前一把拿住了鲍六的左臂，猛一扭转，又拑起他的右臂，然后用脚向前踢去，鲍六就跪倒在地上。

这时秦乃何冲出来，用右手狠狠捶打鲍六：“杀人的魔鬼，还我的琴!”

鲍六双手反绑着跪在地上不能动弹，他知道自己死到临头了。

忽又听得大厅里不住地在呼叫着“破天”，啊，难道刚才自己觉得面熟的青年就是当年那个小破天？不错！看到了那扇动鼻翼的模样，对，就是小破天。鲍六像获得了一根救命的稻草，他扭过头来对着小武：“好汉，念我当年救过破天一命，饶了我吧。”

小武曾听破天说过此事，他想了想，鄙夷地把鲍六猛地往前一推：“滚，滚吧！”

鲍六栽倒在地，他抹抹鼻子里流出的血，头也不回地狼狈而去。

萧蕴澍带着古琴扶着秦乃何上了台阶进了大厅，只见一个面目清秀的青年，两眼紧闭地躺在地上。他是破天，他就是自己的儿子破天！萧蕴澍放下古琴，扑到破天的身上大哭起来：“破天，破天，妈妈来了，爸爸也来了，破天，我的儿啊！”

金彩彩一挥手：“马上送破天去我们医院，一刻不能耽误！”

十　流水知音

破天在病床上醒来，他活动起双手想撑着起来，可是身体像块铁板，他在床上动弹不得，破天睁大双眼，可是眼前是一道黑幕，他用手狠命地揉擦了半天，还是什么也看不见。破天捏紧拳头重重地捶打在床上，他沉重地吐出一口长气，绝望地摊开了手。

坐在床边的萧蕴澍，看着破天宽宽的额头，时时扇动着的鼻翼，心里一阵阵地在抽痛，她双手握住破天的手，想减轻儿子的痛苦："破天，破天……"

破天听着这陌生又有些熟悉的声音："你是谁？"

"我……"萧蕴澍哽咽得说不出话，突然放声痛哭，"我是妈妈，破天，我是生你的亲妈呀。"

"妈妈，妈妈……我是在做梦吗？"

"破天，真是妈妈来了，我们失散的一家人团聚了，破天，你爸爸就在你身边，我们一家人在一起了。"

“破天，儿啊，爸爸找到你了，儿啊，爸爸终于找到你了。”秦乃何用伤残的手握住破天的另一只手。

破天的两手被握得很暖和，可是他看不到爸爸和妈妈的模样，他们真的是自己的双亲吗？

“破天还记得你小时候，妈妈领你去菜园摘豆角，带你上山去采茶，夏天的夜晚我们在凉床上数星星，冬天我们在雪地上逮麻雀……”萧蕴澍恨不能把往事全说出来。

“破天，你小时候，爸爸拨动琴弦逗你乐，逗你笑。”

“啊。”破天随着他们的话，在记忆深处搜寻着。

见破天没有什么反应，萧蕴澍一急脱口说出：“破天，你知道爸爸妈妈为什么给你取名叫破天吗？你生下时的哭声真响啊，响得惊天动地，所以你叫破天。”

“啊，是这样。”遥远的往事在破天的脑海中清晰了些。

萧蕴澍含着眼泪唱起来：“猫来了狗来了，我家的宝宝不哭了；风来了，雨来了，我家的宝宝睡着了。”萧蕴澍边唱边拍着破天的手，还像当年在哄着幼小的破天睡觉，她越唱歌声越柔和，越唱越动情，不由得两行泪水扑簌簌地滚下来，滴在破天的手背上。凉凉的泪水颤动着破天的心，他在回忆，他在搜寻，猛然他心里如倒海翻江般地滚动起来，他要跃起身去拥抱爸爸，拥抱妈妈。

“破天，破天！”萧蕴澍、秦乃何连声地叫着。

“爸爸，妈妈！”破天激情地呼叫起来，随着又泣不成声地，

“爸爸，妈妈……”

秦乃何把破天的手握得更紧，萧蕴澍把身体轻轻地俯伏在儿子身上，用双手搂住破天的颈项：“破天，儿啊！”

“爸爸，妈妈，你都去了哪里呀。”破天又抽泣起来，“我找你们，想你们，常在梦里见到你们。”

萧蕴澍连连擦着泪水：“破天，你现在要好好养息身体，爸爸和妈妈这些年经受了很多很多的磨难，妈妈慢慢告诉你。”

“爸爸，妈妈，你们别难过了，我们一家今日能团聚，就是天大的喜事。”

“破天，好孩子，爸爸妈妈再也不离开你，我们祈求上苍，保佑你早日康复。”

美兰悄悄来找彩彩：“彩彩，今天破天的伤情有好转吗？”

彩彩无奈地摇摇头。

美兰伤心地哭起来，哭了一阵又哽咽着说道：“彩彩，请你告诉我，不要有半点隐瞒，破天什么时候能好起来。”

“这……”彩彩犹豫了半天，看着美兰期待的眼神，“美兰，我知道你深爱着破天，但你要有心理准备，我们医院请来了全金港的名医会诊，当时我也在场，专家们一致认为，破天要能康复，那就是一个奇迹。”

“这么说，破天好不了了。”美兰又呜呜地哭起来。

“美兰，我们大家都在努力，要多多安慰破天，让他心里放松，这对治病很有好处。”

“呜呜呜……”美兰越哭越伤心，越哭越委屈。

美兰守在病床边抚着破天的手，心里不住地在为破天祈祷，可是一个星期过去了，破天躺在病床上不见半点好转。美兰觉得心里越来越空，这病房里也越是感到压抑，她的眼泪好像都流干了，再也哭不出声来。

美兰独自走在桂花湖畔，远处近处的树木全无生气地直立着，满地的落叶随着风吹成了一堆又一堆，更没有了那沁人心脾的桂花香。

美兰在一张石凳上坐下，眼睛直直地望着湖中的涟漪，啊！才过了几天呀，破天同自己手挽手漫步在长堤上，在小桥上蹦蹦跳跳，在亭阁间逗乐打闹，在桂花树下拥抱亲吻，那是多么好的时光！为什么现在全变了，破天成了废人，也许会终身躺在病床上，他再也看不见这个世界，看不见自己美丽的面容了。可自己怎么办，怎么办呢？美兰真想喊叫几声，可是嗓子被堵得严严实实，只能默默地流着眼泪。

几片枯叶落在水中，美兰不禁用手摸摸自己的额头和面颊，这些天不知把自己折磨成什么样子了，再这样下去，自己不也毁了吗？自己还年轻，难道就这样耗下去吗？破天已经这样了，即使自己成年累月地守着他，也改变不了严酷的现实，自己最多也只是个殉葬品，陪着破天一同毁灭。枯草还能再绿，花落了还有花开时，自己的青春一去还能再有吗？美兰啊，美兰，你要珍惜自己的青春年华，你要爱护自己的花容月貌……赶快离开这里，走！美兰心头刚冒出这个“走”字，泪水又夺眶而出，她怎么忍心离开破天呢？她爱破天爱得很真很深啊，可是，可是破天已不是过去那个朝气蓬勃、英俊潇洒的破天了，美兰你还会爱得长爱得久吗？走吧，走！美兰咬了咬牙，双手一合定下决心。

美兰打算去国外找爸爸，可是走之前不能同妈妈说，但不说清楚妈妈会担心的，美兰考虑了很久，想出了一个办法就去找韩月莹。

韩月莹同美兰在住院部圆形花圃的石椅上坐着。韩月莹紧拧着眉头，心事重重地看着常绿的一排冬青树，破天的伤势很重揪着她的心，破天是自己的好同学好同事，是自己深深爱恋的人，自己愿意永远守在破天的身边，无怨无悔地为破天牺牲一切。可是……可是破天爱的人是美兰，他们也真是才貌相当的一对好情侣，真叫人羡慕啊！韩月莹紧咬住嘴唇提醒自己，做人要有尊严，不能这样一直在爱河中挣扎，在痛苦中备受煎熬！韩月莹看了一眼美兰：“美兰，我要回青山教书了。”

美兰一听大叫起来：“怎么，你也要走？”

美兰的叫声使韩月莹有些诧异，特别是她话中的那个“也”字。

“哎呀，怎么都要走哇，韩月莹你走了怎么办啊。”美兰来找韩月莹就打算自己走了以后，希望韩月莹能照料破天，还有就是在自己离开金港后，她托韩月莹把写给妈妈的信交给苏兰馨。

“美兰，”韩月莹说得很真诚，“破天需要你，你应该守在他的身边。”

“不，”美兰截住了韩月莹的话，“该走的是我，不是你。”

“你，你要走?”韩月莹简直不相信自己的耳朵。

“是的，我要走。”美兰很平静，“我已经给我爸爸发去了电报，明天就离开金港。”

“你，你疯了吗？你怎么可以说走就走呢!”韩月莹怒不可遏，大声地喊出来。

“韩月莹，我希望在我走后，你能好好照顾破天，还有一件事就是希望在我走后，把这封信交给我妈妈。”美兰拿出信放在石椅上，“韩月莹，你是个有主见有能力的人，因为我信任你，才能把这一切托付你，希望你能在我走后，安排好这里的一切。”美兰说完就站起身走去。

韩月莹痴痴地坐着，她不相信自己听到的是真实的，她没有去劝美兰，更没有上前阻拦，她在百思不得其解地想着，人们嘴上说的情呀爱呀，那些狂热那些激情，能经得起几番风雨、几回磨难!

苏兰馨拿着美兰留下的信，又接到丈夫发来的电报，知道美兰已平安地到了他身边。苏兰馨自责起来，美兰太任性、太自私、太冷酷无情，是自己没有教育好她，这个时候破天最需要她，需要她的温情，需要她的照顾。她这一走……她这一走破天怎么办，破天能受得了吗？破天是个好孩子，为了保护古琴，他勇敢地挺在前面什么也不顾，不愧是自己的好学生，欧阳待他如同自己的孩子，自己对破天也早已超出了师生间的情感。不能让破天毁了，要千方百计地让破天好起来，破天有理想，有抱负，这样的孩子，这样的人才难得啊！自己决不能离开破天，要像亲人一样守在他的病床前，老天若是有情，让破天快快好起来吧。

苏兰馨在病床前默默地看着破天，想着美兰欠下的自己要加倍去偿还。她慢慢地坐下来："破天，今天感觉怎么样？"

"兰老师，你来了，怎么……美兰没来？"

苏兰馨心头一酸，但很快就接上了话："美兰感冒了，怕来了会传染给你。"

"啊，"破天点点头，"美兰吃药了吗，要不要让医生看看。"

"她已经吃药睡了。"苏兰馨站起来，把破天的被子掖好，"破天，告诉你一件大喜事，你先生的那琴找到了。"

"真的吗？"破天兴奋得想跃起来，可是腰部沉重身体抬不起。

"是你妈妈带来的。"苏兰馨为了能让破天高兴，把声调扬高了些。

"世上竟有这么巧的事啊。"破天唏嘘不已。

苏兰馨拉住破天的手："这对鸳鸯龙凤琴不知经受了多少磨难，终于成双结对了，真是太珍贵了。"

"兰老师，不会再出什么意外了吧？"破天又担心起来。

"破天，我已经将两张琴安放在一个绝对安全的地方，你放心吧。"

"那就好。"

苏兰馨又连连拍着破天的手："破天，我告诉你，杜老师的女儿是报社的新闻记者，她把古琴的遭遇和你为了救琴受伤的情况写在了报上，全金港是家喻户晓，像是掀起了一阵狂涛巨澜，巨大的舆论压得那班人成了过街老鼠、缩头的乌龟。"

"啊！太好了，太好了。"破天太高兴了，"兰老师，你家别墅损坏得严重吗？是那伙人放的火。"

"老王他们救火及时，损坏的地方都已修理好了，幸运的是没让坏人得逞。"

"那就好。"破天点点头。

这时萧蕴澍打了两瓶开水回来，同苏兰馨打了声招呼就去病床前的小柜上整理起零乱的东西。

苏兰馨看着破天睁着一双没神的大眼睛，心里很痛，她深深地吸进一口气，抚摸起破天的手掌、手背和手指："破天，你知道吗，你先生要你来金港找的苏兰馨……就是我。"

"兰老师，你，你就是……"破天又是激动，他捧着苏兰馨的手，“我找了多少年啊，先生，欧阳先生，我终于找到苏老师了。”破天忍不住抽泣起来。

“苏兰馨？”在一边的萧蕴澍顿时放下了手中的小药瓶，她一直没有忘记邢小姐的嘱托，想不到自己四方打听的人却就在身边。

这时，医生和护士来给破天做检查，苏兰馨就别了破天走出去。萧蕴澍紧随其后，走出病房下了台阶，在一棵大树下她叫住了苏兰馨。

苏兰馨回头一看，是萧蕴澍一直跟在身后：“破天妈妈，有什么事吗？”

萧蕴澍又上前一步：“请问欧阳鸿，他现在哪里？”

这一问，苏兰馨心头一阵剧痛：“欧阳鸿？欧阳鸿已经不在人世了。”

“啊！”萧蕴澍立刻想到邢巧云，可怜的邢小姐，你再也等不回欧阳鸿了。

苏兰馨缓过神来很是奇怪，问道：“你认识欧阳鸿？你找他为了什么？”

“我是受人之托，兰老师，你认识邢巧云吧，就是欧阳家准备迎娶的女人。”

“认识，我们以前曾见过面。”苏兰馨不知萧蕴澍下面要说什么。

“可怜的邢小姐。”萧蕴澍从怀里掏出了那方绣帕展开来，萧蕴澍含着眼泪诉说着邢巧云的一片痴情一片真心。

苏兰馨被邢巧云始终不渝的真情深深感动，又想到欧阳鸿和自己，她真想放声大哭一场。苏兰馨强忍着心里的痛楚，连连地吐出气来，一口热气喷出来时，她忽然想到了美兰，又想到了破天，她的内心狂叫起来："啊，啊！是老天在作弄人，还是自作孽呀！"

破天这些天配合着针灸、推拿等各种治疗，虽然身体还是不能动，但他明显感觉到背后不再是硬邦邦的，要软和了许多，这给破天不小的安慰，使他对康复有了希望。但是一直不见美兰到来，他很是担心，是不是美兰的感冒引起了其他并发症，破天心里念道："美兰，你快来呀，我在病床上还酝酿着那首献给你的古琴曲。"

金彩彩拿着两盒药走进来放在小柜上，一旁的萧蕴澍同彩彩打了声招呼，就端着破天换下的一盆衣服走出去。

彩彩看了看破天的呼吸，又去摸摸脉搏："一切正常，破天，你好好休息吧。"说完就向外面走去。

"彩彩，"破天叫住了彩彩，"你坐一会儿。"

彩彩转回来，在床边的凳子上坐下。

"彩彩，美兰呢？她怎么没来看我。"破天急切地问道。

"美兰！"破天这一问，让彩彩一下接不上话来，只好支吾着，"美兰……美兰好像是在学校里忙着功课吧。"

"她不是感冒了吗？"破天虽然在问着，但他心里已经清楚，美兰没来定是另有原因，他们说的都不是真话。

“啊，啊，美兰好像是感冒了。”金彩彩赶紧站起身来，“我还很忙。”

“彩彩，你坐下！”破天像命令似的把话喊出来，彩彩只得又坐下来。破天的声音也温和了，“彩彩，我们俩从小在一起长大，我们情同亲姐弟，你一直关心爱护我，我非常感激。你有事都愿意同我商量，我有难处时也想找你帮助。彩彩，美兰到底怎么了，你不能骗我，我要知道实情。”

对于美兰的不辞而别远走海外，彩彩十分气愤，美兰无情地抛开了病床上的破天，彩彩更是恼怒和鄙视。可是美兰的离去，破天迟早是要知道的，难道让破天日夜去盼望去期待那个负心的美兰吗？不能让破天再受欺骗再受折磨了，不如快刀斩乱麻，让破天及早醒悟。金彩彩唰地站了起来：“破天，我告诉你，美兰已经离开了金港，她现在已在大洋的彼岸了。”

“美兰走了？”破天如雷击顶，又似万箭穿心，瞬间一阵冷气从头一直凉到了他的脚心。破天把两手紧攥在一起，牙关越咬越紧，好半天，他软软地摊开双手哽咽着：“美兰走了也好，不然她看到我这样总是伤心……”

“破天，你要把身体早早养好，美兰的事对你是一个打击，但是我相信你能挺得住，你从小受了那么多的磨难，你不都挺过来了？破天，我了解你，更相信你能扛得住不幸，你要快快好起来，你还有很多事要做啊。那些海誓山盟都随风吹走吧，言行不一的誓言一文都不值！破天，你好好想想吧。”

彩彩走后，破天蒙起被子呜呜痛哭，也不知哭了多少时候，他在湿透的枕巾上闭上眼睛睡着了。

韩月莹走进病房，见破天蒙着头酣睡，她轻轻掀开被子，见破天满脸的泪水，韩月莹心中一酸，眼里也湿润了，她望着日夜牵挂的破天，真想上前去吻干泪水，破天是在为自己的身体伤心难过，自己要守在他的身旁为他分忧解愁。

破天忽然紧握住韩月莹的手叫起来：“美兰，美兰！”

韩月莹没有辩解，也没有松开手：“破天，是我。”

“啊，韩月莹，我冒失了。”破天尴尬地把手放进被子里。

“破天，等会医生就要给你做推拿、扎针灸了，我把你的衣服和被子理理好。”

“韩月莹，辛苦你了，你天天为我操劳，真过意不去。”

“破天，我们大家都关心着你，兰老师，还有美兰……”

“不要说了。”破天突然截住了韩月莹的话，“美兰，我全知道了。”

“你知道了！”韩月莹明白了破天为何泪流满面了，可她不知道怎样来安慰破天。

“韩月莹，我很好，我现在很好。”破天强颜欢笑地咧咧嘴。

“破天，不要嫉恨，不要抱怨，生活中的风风雨雨在检验着我们每一个人，有些……是难从心头一下赶走，但是我们是有理智的，何况我们还有着追求。”

“韩月莹，你说得对，说得好，我俩的想法是一条道路上奔驰的骏马，谢谢你。”破天的心里真的亮堂起来，“韩月莹，你不回青山了吧？”

“我的辞职报告还没交上去，你的伤情……我怎么能就离开呢。”

“韩月莹，等我好起来，我们加倍地去学习和工作，我们互相勉励，共同进步。”

“可是，青山还有我的父母，他们的年纪大了，希望我回去。”

破天想竭力地去说服韩月莹，一用力突然感到身体能缓缓地移动了，他更兴奋：“韩月莹，不管怎样你不能回青山，我不让你走！”

一句话在韩月莹的心头猛地升起了一蓬火，她全身暖透了。

秦乃何的旧伤复发了，行动很不方便，茶行还在经营，萧蕴澍更舍不下破天，她在医院和茶行之间穿梭，忙得像个旋转的陀螺。

萧蕴澍在病房里又收拾了一番，觉得真是很累，现在破天睡了，她就倚在病床边打起盹来。

周桂贞提着一罐煨好的鸡汤走进来，她轻轻地把瓦罐拿出来放在小柜上，瓦罐碰触小柜的轻声一响，惊醒了萧蕴澍。

萧蕴澍站了起来："桂贞妹子，又劳你送汤来了。"

"萧姐，破天是你儿子，也是我的孩子，我能闲得住吗？"

萧蕴澍拉着周桂贞的手来到门边的拐角处，又端过来两张凳子："前些时候事情又多又乱，今天是个机会，我们俩好好说说话。"

周桂贞和萧蕴澍对坐着，周桂贞不住地打量萧蕴澍："萧姐，我第一次见到你就觉得好亲切，我回家对着镜子左看右看，发现我们俩长得真是有点像。"

"是的，我也有这个感觉，桂贞妹子你是个好人，当年破天如果不遇到你，还不知道流浪到了哪里，还不知要受多少苦遭多少罪。"萧蕴澍含着眼泪握住周桂贞的手。

这时彩彩急匆匆地走了进来，一见周桂贞就说："妈妈，你怎么把这块玉丢在梳妆台上了，我来上班就给你带来了。"

"哎呀，忘了，忘了，这可是我贴身的宝贝。"周桂贞忙接过了玉坠，彩彩转身走了。

萧蕴澍一见玉坠，浑身像通过了一道电流："妹子，这块玉能让我看看吗？"

萧蕴澍仔细地看着玉坠，她轻轻地抚摸着，眼里湿润了，看看玉又看看周桂贞，她解开上衣的第一个纽扣，从颈上也取下一块玉，两块玉坠放在一起是一模一样，温润细白的玉坠中间，金丝镶嵌的花儿灿烂夺目，萧蕴澍的泪水滚下来。

“萧姐，这是怎么回事?”

萧蕴澍把周桂贞的那块玉交还到周桂贞的手中，她紧紧拉住周桂贞：“你是小蕾，小蕾……”

“小蕾?”周桂贞顿时记起自己小时候，隐约听到的关于自己身世的传闻。

“你是小蕾，我俩是一对双胞胎的蓓蕾姐妹，我是姐姐。那年的正月十五，我们一家去镇上看花灯，那年的元宵节特别热闹，花灯吸引了周边的县城乡镇的人都来观赏，真是人山人海。妈妈牵着我，爸爸驮着你，在人群中挤来挤去，爸爸想抽烟，就放下你去借火，可他转来时就找不见你了，爸爸妈妈领着我在镇上找了三天三夜，挨家挨户地去问去找，都不见你的踪影。爸爸到死都在悔恨，都在想你……小蕾，我们两岁的时候，父母就给我俩打造了这两块玉坠，要我们玉不离身，保佑我们一生平安。”

“姐姐!”周桂贞扑在萧蕴澍的身上，“姐姐……”

“小蕾，想不到我们姐妹俩还能相逢，爸爸妈妈，我找到妹妹了。”

周桂贞渐渐止住了哭声，她擦干泪水想着：“怪不得那年破天一见到我就激动地喊妈妈，后来还是说我和他妈妈长得一模一样，我想这世上哪有那么相像的人呀，原来……”周桂贞又伤心起来：“姐姐!”

萧蕴澍此时猛地记起了土窑中的那个梦，她一直牢牢地记着这个梦，这个梦给了她信心，给了她力量，支撑着她走到了今天。啊！这个梦还真奇妙，今天见到了妹妹的玉，丈夫和儿子果然就在身边了，可是，破天……梦中不是说一家人会欢聚吗？那破天的伤情就一定会好起来，想到了这里，萧蕴澍对破天的康复更增强了信心。

破天的伤情逐渐好转，令益民医院的医生们大为震惊，破天现在不光能坐起来，还能下床走动两步了，但是眼睛还是看不见。为此益民医院又请了各处的医学专家前来会诊，这一次他们对破天的康复都持积极的态度，都说若要完全康复还需有一段时间。他们都建议破天最好能去香汤疗养院。

香汤疗养院离金港有三十多公里的路程，这里有山有水环境很好，病房更是整洁宽敞，又有着先进的医疗设备，还请来了全国的专家名医，更突出的是这里有一个神奇的温泉，温泉能治很多疾病，不少人就是奔着这个温泉而来。香汤疗养院虽好，但是收费很高，寻常的百姓是进不来的。

“破天妈妈，你看呢？”苏兰馨想听听萧蕴澍对破天去疗养院的意见。

“只要我的破天能康复，我什么都愿意舍弃。”萧蕴澍说得很坚决。

“疗养院的费用全由我来付。”苏兰馨抢着把话说在前头。

“那不行，钱我能想办法，就是……”萧蕴澍为难起来，“破天的爸爸这些日子都下不了床，我若去了疗养院，他在家怎么办，也要有人服侍，我真恨不能分出两个身子来。”

苏兰馨双手搓揉了一下：“我倒选中了一个人，她陪着破天一起去疗养院，破天会康复得更快些。”

“谁？”萧蕴澍十分关心地问着。

“韩月莹。”

萧蕴澍听说是韩月莹就完全放下了心，韩月莹是个好姑娘，能干大方，还有副好心肠。萧蕴澍早就喜欢韩月莹，她对破天和美兰的情况了解得不多，对韩月莹却有着特别的好感：“兰老师，那韩姑娘可愿意呢？”

韩月莹对破天的一片心，苏兰馨早就看在眼里。女儿美兰任性轻狂，可绝没有想到她是那么冷酷又自私，她抛弃了人生中最可贵的东西，可恼又可恨。可是韩月莹却是不卑不亢，始终如一地爱着破天，守着破天，托她去疗养院照顾破天，她是不会推辞的。

韩月莹同破天来到了香汤疗养院，这里的环境设备破天都很满意，韩月莹扶着破天练习着走路，推着轮椅上的破天去山间去水边。破天站得越来越稳，步子也迈得越来越开，在工作人员的帮助下，破天每天都去泡泡温泉。

韩月莹又从学校借来了一张古琴，她想用琴声为破天消愁解闷，渐渐地破天也抚起琴弦，虽然他看不见琴谱，他凭着记忆慢慢熟悉了些乐曲。

邵小武带着大包的营养品赶到香汤，推开病房门，一见破天在操琴，小武又惊又喜：“破天，你能弹琴啦！”

“啊，是小武哥来了，快过来坐。”

小武在凳子上坐下，韩月莹递过来一杯水。

破天站起身来：“小武哥，都是因为我，你的武馆到现在……”

“哎呀，那是小事，只盼着你快好，到那一天，我们一同去挂上武馆的牌匾。”

“可是我的眼睛……哎，不知还能不能再看到光明！”

“破天，大家都在等着你的好消息，迎接你回金港，你可不能泄气。”小武过去握住了破天的手，“兄弟，我们不能辜负先生的希望啊。”

“先生，我多想去茂里看看你，先生。”

“对，等你好了，我俩去看先生，啊，不是我俩，是大家都去拜谒先生。”

“可是，不知道要等到哪一天。”破天的情绪又有些低落。

“破天，你一定要有信心。”小武说到这里突然想到了居云山上的弘懿法师，早就听说他治愈过破天这样的病人，“我想明天先去紫霞宫去见青云道长，他有强身健体的妙方，然后再上居云山，请弘懿法师为你的伤情开些药。”

“对，这是个好主意！”破天很赞成，“韩月莹，你把我受伤和治疗的经过，以及现在身体各方面状况详细地写出来，请小武哥带上，好让老法师和道长参考和斟酌。”

邵小武很快就回来了，他带了居云寺和紫霞宫两处的丹药，还带来一本《三山琴谱》和弘懿法师最爱的琴曲《凌云操》。

破天双手接过《三山琴谱》，热血沸腾地把琴谱紧紧地贴在胸前，啊！这是先生用心血编著的，是弘懿法师和青云道长不懈努力而完成的，是三位长者对后辈的鼓励和鞭促。破天啊，不能消沉，不能懈怠，要快去做更多的事啊！

破天的心里满是激情，更感觉到自己身体上的变化，尤其是用了弘懿法师和青云道长的丹药，自己的两条腿越来越有力，身体也不感觉沉重了，眼前像扯去了一道道的黑幕，变成了茫茫的一片白色。

破天又迫不及待地要弹奏《凌云操》，他让韩月莹讲解着乐谱，不停地古琴上找音位，渐渐地就全摸熟了。啊，《凌云操》真是首极好的琴曲，破天满心喜悦地抚动着琴弦，低音区是层层递进的，浑厚旋律，左手大幅度的吟猱像闯开了破天多日来那抑郁的心门，破天心中狂呼着：“这是天上的音乐，天上的音乐啊！”随着琴音的起伏，破天遥想起高高的居云山，还有那神奇的日出和云海……破天双手激情地操弄，突然眼前那白茫茫的一片中隐隐现出了门窗桌椅，破天不相信这是真的，他紧闭起双眼再睁开，啊，啊！他清楚地看见韩月莹立在自己的面前。破天大叫起来：“韩月莹，我看见了，我看见你了！”

“真的，是真的吗？”韩月莹高兴得泪水直流。

“我看见你了，韩月莹！”破天过来紧紧地抱住了韩月莹，韩月莹泪流满面地倚在破天暖暖的怀中。

茂里的来凤山上青竹葱茏，翠然如滴，遍地的山花在春光中五彩斑斓。

破天等一行人肃立在欧阳鸿的墓前，深深地鞠躬。

破天和小武跪在坟前烧化纸钱，苏兰馨抹干净墓碑，点上三炷香，彩彩和韩月莹采来了各色野花，扎成花圈放在墓碑前。破天过去双手捧着红布包着的《三山琴谱》放到坟前，郑重地打开琴谱。

小武搬来了大块石头，垒起两个石桌和石凳，然后把带来的大红丝绒布展开铺放在石桌上，再打开琴盒把龙琴和凤琴分别放在两个石桌上。

破天和韩月莹各在一张石桌前坐下，他们调试好琴弦，然后对望了一下，四只手都抚在琴弦上，弹起琴曲《流水》。他们有分有合地弹奏，分奏时各显出两张琴的刚劲明亮和深沉细腻，合奏时刚柔相融十分和谐。

琴声中水流清冷，淙淙而来。破天弹着欧阳先生的琴，想着先生慈祥的面容和谆谆的教导，又想到先生坎坷的一生……破天的眼眶里湿润了，他俯下身去，琴音拨动在他的心上，他在心里同先生说着话：“先生，破天没有辜负你的希望，我要弹好古琴，我要把你们编著的《三山琴谱》传下去。先生，你知道吗？你朝朝暮暮期盼的鸳鸯龙凤琴，今天完好地聚在一起，弹奏给你听。这些年，琴和人一样经受了无数风雨和劫难，从此，这龙凤琴再不分开了，它们是我们中国的宝贝，我们要世世代代保护好它们。先生，今天弹奏一曲《流水》表达破天对你的无限敬仰和一片深情，先生，你听见了吗？”

琴曲的泛音清亮，苏兰馨的脑中闪过一幕幕往事，她咬紧嘴唇，控制住内心深处的痛楚。她抬头看着漫山的翠竹，深深地呼吸着：“表哥，欧阳，安息吧。战乱终会平息的，龙凤琴会得到很好的安置。表哥，我们迟早都会离开这个世界，可是琴声不会断，《流水》定会千秋万代地滚滚流淌。表哥啊，有破天和韩月莹这样的好青年，我们都应该欣慰。”

秦乃何捂着伤残的手，眼睛一直看着墓顶上的那朵来回摆动的黄花，心里默默地念着：“欧阳先生，感谢你对破天的教育和引导，作为他的亲生父亲，惭愧啊！先生，谢谢你，我们永远记着你。”

萧蕴澍从怀中掏出那方绣帕，缓缓走向墓前，她展开了绣帕放在墓碑前的花圈上，一阵心酸：“邢小姐，我记着你的嘱托，今天把绣帕交给了欧阳先生。”

小武和彩彩的手紧握着，彩彩虽没见过欧阳先生，但琴声中，她仿佛已很熟悉先生那高高大大的身影。

就在破天和韩月莹奏出乐曲高潮的同时，居云山上六角亭上的弘懿法师和紫霞宫前的青云道长，也都在深情地弹奏着《流水》，每一声每一音都寄托着对老友的缅怀，对知音的追思。也是在这一刻，大洋彼岸的美兰，正蜷缩在沙发上听着唱片上的琴曲《流水》，随着奔腾的水流，她悔恨的泪水哗哗流淌。

破天和韩月莹的手指尽情地在琴上滚来拂去，破天抬头看去，阳光灿烂，照得竿竿绿竹更青更翠，春风吹来无限温暖，天空中一片湛蓝。忽地，破天仿佛看到半空中出现了欧阳鸿，欧阳先生在蓝天白云间向他点头微笑，向着众人挥手致意。